ミミクリー・
ガールズ
MIMICRY GIRLS

「お友達だぁ～！　わーいわーいっ！」
Callsign
マーリン
#Merlin

「抱き着くなっ！　あばれるな！」
MIMI
Callsign
クリスティ
#Christie

Callsign
ルーシー
#Lucy
MIM.15
M.15
「再計算完了。データ送ります!」

「──初弾命中。次の目標を請う」
Callsign
ジブリール
#Jibril

Place
スイーツカフェ《リベッチオ》

あまいのじゃ〜〜〜〜！
€10.00
€ 8.00
€ 3.50

CONTENTS

EPISODE

MIMICRY GIRLS

Novel: Hitaki
Illustration: Asanaya

Scene 1

新しい戦争

EPISODE

New Wars

MIMICRY
GIRLS

Novel: Hitaki
Illustration: Asanaya

The year is 2041. It has been several years since the development of artificial body technology, commonly known as "mimicry"

【二〇四一年　北アフリカ　チュニジア　ズワーラ市街　南東　0115時】

「こちらアルファワン。発破準備OK。いつでもいける」

暗闇の中、男の声がする。

『エコーワン了解。こちらもスキャン完了。窓にAR2、扉に腕組み1恐らくHG、テーブルSM2、人質の前にHG1。全員アーマー無し。軽装だ』

無線機越しに報告が聞こえる。

敵は六人。それぞれアサルトライフル《AR》、ハンドガン《HG》、サブマシンガン《SM》で武装している。

乾燥地帯特有の日干し煉瓦《れんが》で造られた五階建ての建物。その最上階に武装集団と合衆国の在チュニジア大使が人質としている。

エコーチームは離れた建物の狙撃位置から、スルーウォールスコープにて透視した室内の情報を与えてくれる。

「狙撃でテーブルの二人は狙えるか？」

『体はテーブルに置かれたトランクが邪魔だが、頭は狙える。問題無い』

「了解。十秒後、そちらのタイミングで始めてくれ」

『了解』

アルファワンことクリス・アームストロング大尉は傍《そば》に控える三人の隊員へ顔を向ける。

全員がヘルメットと暗視ゴーグル、さらにカーボンマスクで顔も完全に防護している。

「俺が人質の前にいる奴《やつ》。スピルバーグは扉、キャメロンは右窓、ルーカスは左窓だ」

隊員達の名前は偽名だ。クリスの個人的な趣味から昔の映画監督の名を拝借している。

彼らは短い頷《うなず》きだけを返す。

空気が張りつめるが過度の緊張は感じられない。良《い》いコンディションだ。

「さぁ十秒だ。アクションシーンといこうじゃないか」

クリスが言い終わると同時に下から窓ガラスの割れる音がした。

武装集団達が怒声と共に窓に視線を向けるであろうタイミングで、

――クリスは手元の起爆スイッチを押しこんだ。

「発破ッ」

指向性のラインテープ爆薬が正方形の形に爆発する。

それは屋上に陣取るクリス達四人を囲う様に張り巡らされていた。

丁度屋根が天窓よろしく切り取られるように、ぽっかりと正方形に落ち、落ちながらクリス達は近中距離にチューンしたアサルトライフルM5A2を構える。

撃たれた武装集団の目には、突然天井が落ちてきて映画の様な特殊部隊員が現れた様に見えただろう。

銃弾を浴びて倒れ込み、うめき声を上げる武装集団にクリス達は再び銃を構える。

頭に狙いを定めて三発。至近距離で6．8㎜弾に撃たれた頭部は割れた西瓜《すいか》の様になる。

これは武装集団に対する憎しみや破壊衝動ではない。むしろ恐れである。

ゲリラ的にテロ行為を行う集団は自分の死を自覚すると自爆攻撃に走る。捕縛命令は出ていないので確実に行動不能にするために頭部を破壊。胴体は爆発物を纏《まと》っている可能性があるので止《とど》めではなるべく狙わない。

「クリア」

「クリア」

隊員達が制圧完了を報告する。

『こちらエコーワン。こちらも異常無し』

狙撃チームからも報告が来る。

クリスはそこで初めて人質に近づく。

「〜〜〜！　〜〜〜！」

手と足を手錠で椅子に固定されているのは十代男性の合衆国大使。

ロープで猿ぐつわをされながらも恐慌《きようこう》状態となり、もがき叫ぼうとしている。

「待て、俺達は味方だ。助けに来た」

クリスはゆっくり諭しながら腰のアーミーナイフを抜く。

「このナイフで猿ぐつわを解く。間違って噛《か》みつくなよ？」

ナイフで猿ぐつわの合皮ベルトを切ると、大使は大声で叫んだ。

「あのトランクは爆弾だ！　爆発するぞ！」

「なんだって《ワッツザファック》⁉」

クリスが罵るのと同時に、テーブルに置かれたトランクから「チュィーン」と切迫した音が高まるのが聞こえる。

奴《やつ》らが死んだ時の保険に心音センサーか何かで細工でもしたのか。いや、今は爆発の仕組みや意図などどうでもよい。

「お前ら！　ぶち開けろ！」

瞬時に意をくみ取った三人の隊員は窓に、いやそれがついている壁に向かって同時にタックルをする。

日干し煉瓦《れんが》とはいえ、30㎝の厚さの煉瓦《れんが》とセメントで補強された壁は確かな強度を誇り、タックル程度では通常びくともしない。

しかしお菓子の家でも破るかのようにあっさりと壁に大穴が開き、そのまま三人の隊員は外に落ちていく。五階の高さからである。

「椅子ごと持っていく！　舌噛《か》むなよ！」

「お、おいここは五階だぞ⁉」

ジャンプした。

椅子に縛られたまま動揺する大使を、その椅子ごと持ち抱えクリスも壁の外、空へ向かって

「舌を噛《か》むと言った！」

トランクが爆発し爆風がクリス達の背を押し出す。

「NOOOOOOOOO！」

大使が悲鳴をあげる。

そのまま重力に引かれ地面に落下する。

——人体が落下の衝撃に耐えられるのは三階までと言われている。

訓練された空挺《くうてい》団員が使う五点着地法ならば三階の高さでも無傷でいられるが、それは正しい姿勢でつま先から落ち、脛《すね》、腿《もも》、背中、肩と衝撃を分散させた場合である。

クリスは椅子を抱えて、アーマーをはじめとした装備満載の状態で五階から飛び降りたのである。このままでは待っているのは「死」、良くて下半身全損であろう。

果たして、地面に猛スピードで落下したクリスは、「ズンッ」という音と共に、膝と腰のバネのみで着地した。

「い、生きてる……？　なぜ……？」

茫然《ぼうぜん》とする大使はさておきクリスは仲間の確認をする。

「不備はないか」

「問題ありません」

先に落ちていた三人の隊員は周囲を警戒しつつ何気ない調子で答える。

「よし、本部に通信。大使は確保。これよりランデヴーポイントに向かう。エコーチーム、車を回してくれ」

『了解』

クリスは平気な顔をしているが、大使の目に映るそれは到底問題が無いとは思えなかった。

「だ、大丈夫なのか君。その体……」

クリスの背中や首には爆風による瓦礫《がれき》の破片が突き刺さり、足もダメージを負っているのか、足元に血だまりが出来ている。

「ん？　ああ、さすがにダメージを受け過ぎたな」

背部裂傷、脛骨《けいこつ》骨折、大腿筋《だいたいきん》挫傷、靭帯《じんたい》損傷。

通常ならば後遺症は不可避であり、もう満足に歩く事さえ出来ないだろう。

クリスは出血多量で気が遠くなるのを感じながら、しかしコーヒーでもこぼした時の様な調子で言った。

「なに、どうせ着替えればいいば済む事さ」

ミミクリー・ガールズ

MIMICRY GIRLS

The year is 2041. It has been several years since
the development of artificial body technology, commonly known as "mimicry".
Novel: Hitaki, Illustration: Asanaya

五年前――二〇三六年。

第三次世界大戦《WW3》が勃発した。

脱原油による中東の衰退、大国のバブル経済崩壊、EUの破綻。かねてより懸念《けねん》されていた事柄が連鎖した末の必然的な大戦だった。

だがWW2と違い、大勢の死者を出す総力戦とはならなかった。塹壕《ざんごう》から頭をだし、包帯を巻きながら銃を撃ちあう時代は百年前に終わった。

戦争は人命尊重の量より質の時代に入っており、とりわけ先進国では遠隔操作の無人ドローンや艦載レーザー兵器、衛星軌道攻撃等によるクリーンな攻撃が行われた。

しかし、どれだけ技術が発達しようと、最終的な制圧、治安の維持は生身の兵士によって行われなければならなかった。

装備の進化により数発銃弾が命中しても死に直結する事は少なくなったが、結局のところ、怪我《けが》をした兵士の機能低下、治療・介助による人的リソース不足という戦略的課題は未解決のままであった。

そこで目を付けられたのが人工細胞による再生医療である。人工細胞の医療活用は二〇二〇年頃から既に一般化していたが、戦線の拡大と共にその開発スピードは加速した。

太ももを撃たれれば、そこの筋肉を剝がし人工筋肉を癒着させ細胞促進剤を注入。数か月かかる怪我《けが》も一週間で治し前線に復帰出来るようになった。

だが、技術者達はそこで満足しなかった。

国家存亡という大義の前には、倫理というリミッターはいともたやすく外されるのだ。

つまるところは、人体実験である。

劣勢に陥った一部の国が行った捕虜を使った人体実験（あるいはどの国も極秘裏にしていただろう）、そのデータを押収《おうしゅう》した合衆国はついに到達した。

脳と脊髄を取り出し、人工《ミミ》の素体《ツク》に移植するバイオティック手術である。

腕がとれようが、足がもげようが、内臓がミンチになろうが、チタン膜とバイオ樹脂で保護コーティングされた脳と脊髄を取り出し新しい人工素体《ミミック》に着替え《ドレスアップ》させれば、二十四時間後にはまた戦場へ舞い戻る事が出来るのだ。しかもその人工素体《ミミック》は通常の肉体よりも頑強で、常人の数倍の筋密度から力も倍増している。

技術的な不安定さやメンテナンス性などあらゆる理由からその〝技術〟の恩恵に与《あずか》ることができるのは一部の権力者か、あるいはクリス達の様な特殊部隊員が主で、一般人の間では都市伝説としてまことしやかに語られる程度である。

【空母バラック・オバマ　バイオティックラボ　第三安静室　1500時】

任務終了後、クリスはすぐさまラボに搬入され素体の着替え《ドレスアップ》手術を行った。

培養液に浸《つ》かり意識を失ってから体感時間にして一分。ベッドの上で目を覚ましたクリスは、全身麻酔を受けた後の様な気怠《けだる》さを感じた。

「……」

手術の後はいつもこうだ。それ自体はもう慣れた。

さて、新しい身体《からだ》はもう馴染《なじ》んだだろうか。

ゆっくりと手を上げ目の前に持ってくる。

なるほど、まだ目の焦点があってないらしい。手が随分と小さく見える。

触覚も定着がまだなのか、握りしめた手がやけにぷにぷにしている。

次に顔の確認だ。着替え《ドレスアップ》後は自分の姿を確認するため、安静室にはスタンドミラーが備え付けられてある。

真正面に置いてあるそれに目を向け、クリスは自分の姿を見た。

白い肌に金髪金眼で、さらさらのロングヘアーが良く似合う、

——十歳前後の少女だった。

「……わっつざふぁぁぁぁぁぁぁっく!?」

室内に絶叫がこだまする。

その声もまた幼い少女の声だった。

「――中々良《い》い反応をしてくれた」

絶叫を聞いて、白衣を着た老人が笑みを浮かべながら安静室に入ってきた。

「私はテレビのドッキリショーは大半がヤラセかと思っていたが、人が本当に驚くとあのようなリアクションを取るのだね」

「……」

「どうしたね？　記憶に混濁でも？　私の名前がわかるかね？」

「あんたはドクタークロサワだ」

ドクターケビン・クロサワ。人工素体《ミミック》の開発、改良に貢献してきた天才博士であり、今はこの空母バラック・オバマの人工素体《ミミック》責任者だ。

白髪老人の日系人。しかし目だけは子供の様に爛々《らんらん》と輝いている。その風貌からマッドサイエンティストなんて噂《うわさ》もたったが、どうやら噂《うわさ》では終わってくれなかったらしい。

「これは……何かの間違いではないのか？」

クリスは手を顔に当て、鏡に同じ様に映るのを認識する。

「間違いではない。これは私の最高傑作であり、――上からの要望だ」

「これが俺……？」

ＶＲ映像を見せられているわけでもない。頰《ほ》っぺたの感触はぷにぷにのさらさらであり、流れる金髪もウィッグではない。このフランス人形めいた少女は間違いなく自分なのだ。

「しかし、こんなサイズは……そもそも頭の大きさが……」

「人の脳の大きさは十二歳で完成する。頭の大きさは頭蓋骨の個人差でしかなく、大人の脳をこの素体に入れる事は何の問題もない。脊髄も主要部分しかないから十分収まる」

数々の人工素体《ミミック》に入り、多少の事では動じない精神力を持つクリスであっても、状況を受け入れるには時間が掛かる。

「今回は元の素体の損傷が激しかったため緊急手術を行った。事前説明――インフォームドコンセントが行えなかったのは申し訳なく思うよ」

「それは仕方ないが……」

どのみち着替え《ドレスアップ》は必要だった。しかしこの姿は……。

「もし抗《あらが》いがたい心理的な負荷があれば言ってくれたまえ」

心理的な負荷、それはバイオティック兵にとって重要な事だ。

素体は基本、顔は変えずに背丈と筋肉量の変化が主だ。潜入工作なら目立たない中肉中背、前線任務ならばマッチョマンだ。

任務によっては顔や人種、レアケースだが性別まで変えることもある。そこで問題となるのが「アイデンティティ」、自己同一性である。

任務のための「擬態」。その当事者に掛かる心的負担は想像を絶する。それは過酷な訓練を乗り越えた特殊部隊員でも無視できるものではない。むしろ今まで鍛え上げてきた「自分」に自信を持っていた特殊部隊員だからこそ、影響は大きい。

「自己喪失症《アイデンティティクライシス》」を起こしたバイオティック兵は、解離性人格障害や離人症といった後遺症に悩まされる事となる。

「俺は……」

レアケースどころか過去に聞いたことのない少女の素体。心理的負荷は大である。

「俺は、大丈夫だ」

しかしここで「心が不安です」などと言えるだろうか？　そんな事を言えば後方勤務は確実である。元より軍属の自分に拒否権は無いのである。

「どんな姿でも俺は俺だ」

ぷにぷにの手を握りしめ、クリスはそう答えた。

「そうかね。ではとりあえず着たまえよ」

ドクタークロサワがベッドのサイドテーブルを指さす。

「？」

そこには少女用の白いパンツと肌着のシャツ、そしてパジャマが置いてあった。

「寝ている間に着せとこうとも思ったが、私もそういう配慮は持ち合わせているつもりだ」

言われてクリスは自分が全裸なことに気づいた。

「ッ！」

反射的にシーツで体を隠す。

「ホゥ！　精神は男性であるのに体を隠すのか。自らを女性であると認識したわけではなく、女性は裸を隠すものだという習慣認知による反射行動といったところか」

ドクタークロサワは爛々《らんらん》とした眼《まなこ》で手元のタブレットに夢中で何かを書き込みだす。

「……服を着るので出て行って欲しいのだが」

「なぜ？　早くも少女としての羞恥心を自覚したとでも？」

「仮に男の体でも、ジジイにじろじろ見られながら着替える趣味はない！」

「ンッンー。まともな意見だ。着替えが済んだら検査室に来てくれたまえ。メディカルチェックが済んだら少し休んでブリーフィングに行くといい」

ドクタークロサワが安静室から出ていくのを確認し、肌着を手に取る。

娘も妹もいないクリスにとってその少女用の肌着は非現実感の象徴にすら思えた。

「テイクイージー。テイクイージーだ」

何も難しい事はない。ただシャツを着るだけだ。

シャツ、といってもこれはキャミソールというのだろうか。細い肩紐《かたひも》と胸元が広いデザインのこの下着には防寒性を感じられない。

「……着るぞ」

意を決し、細く華奢《きやしや》な、それでいて柔らかい少女の腕をキャミソールの中に入れ、両手を上げ腋《わき》を見せるような格好で頭から着る。

着心地は悪くなかった。やわらかいコットン生地が胸を保護するのだろう。そうして初めて自分の胸を意識する。あるのかないのか分からない様な大きさだ。

「膨らんでいるといえば膨らんでいるのか……？」

指で胸をつついてみる。ふにふにと柔らかい。

「はっ」

自分で自分の胸を触る痴態に気付き羞恥する。

「これは任務で行動を阻害しないか確認する為《ため》の行為だった……」

誰に向けたわけでもない言い訳をして次にパンツを手に取った。

正面に小さなリボンが付いているのを見て顔をしかめる。

「何も余計な事は考えるな」

ベッドに座ったまま柔らかい肢体で前屈し、パンツを足元へもっていく。

爪が薄いピンク色に見える幼い両足をパンツに通し、毛が一本も生えていない純白の脛《すね》と柔

らかなふくらはぎを通り、シルクのパンツは摩擦抵抗力ゼロのすべすべの太ももをすり抜け、収まるべき所に収まった。

その際あえて見ないようにしていたが見えてしまったものを思い、「やはり付いていなかったな」と心の中で呟《つぶや》いた。

【空母バラック・オバマ　バイオティック居住区　ブリーフィングルーム　1600時】

バイオティック関連の手術やメンテナンスが出来る施設は合衆国本土には七か所しかなく、残りは原子力空母の中に設置されている。

四方をイージス艦、レーザー巡洋艦、ミサイル駆逐艦、そして下を原子力潜水艦によって守られたこの原子力空母は世界で一番安全な場所であるからだ。

機密面でもスパイの入り込む余地はなく、またバイオティック兵が現在どのような人工素体《ミミック》を着ているか漏れない為《ため》に、一般の兵士とは居住区やブリーフィングルームも区別されている。

「ここに辿《たど》り着くだけで一苦労だったな……」

ラボの安静室からブリーフィングルームまでそんなに離れているわけではない。しかし十二歳の少女が乗る事を想定していない空母の船内は扉一つ開けるだけでも一苦労だった。

「定着以前に距離感覚が慣れていない……」

着替え《ドレスアップ》を行うと十二時間で最低限動ける初期定着、二十四時間で激しい運動や戦闘行為に耐えられる完全定着となる。

しかしその定着度合いよりも、体のサイズの違いによる感覚の差に苦労させられた。階段など何度転びそうになったことか。

「こんな姿を他の仲間に見られなかったのが救いか」

クリスの服装はピンクのパジャマだ。女児用の軍服などがあるわけもなく、ドクタークロサワの用意した術後衣――とドクターは主張している――を着るしかなかった。

先の任務を一緒に遂行したチームメイトは休憩時間が付与され自室で過ごしているのだろう。もし隊員のスピルバーグにでも見られたら大笑いで茶化してくるに違いない。

「待たせて済まない、クリス大尉」

と、クリス一人で待つブリーフィングルームに白髭《しらひげ》を生やした壮年男性が入ってきた。

空母バラック・オバマの艦長兼この空母打撃群の総司令でもあるフリーマン中将である。大統領直轄部隊《ニューデルタフォース》は通常の指揮系統とは異なり、直接将官クラスから指示を受けるのだ。

「ノー、サー！」

クリスは素早く敬礼をする。

パジャマ姿の少女が敬礼をすると何かのおままごとに見えるだろう。

しかしさすがフリーマン中将だ。どんな素体相手でも厳格な態度を崩すことはない。そもそもこの素体は上の要望なのだ。

「……」

「……」

「早速だが次の任務を告げる」

「イエス、サー！」

おい、なんだ今の間は。

「とはいっても告げるのは私ではない。ホワイトハウスと通信が繋《つな》がっている。モニターを見てくれ」

「……なに《ワッツ》？」

『クリス・アームストロング大尉　三十二歳。独身。

カリフォルニア州の中流家庭に生まれハイスクールではアメフト部で活躍。大学はワシントン大学の社会学部に入るが就職はせず、幹部候補生としてアーミーに入隊。面接での志望動機は戦争の気運の高まりを受け愛国心と英雄願望《ヒロイズム》が刺激されたから。

士官学校を卒業後レンジャー連隊に入隊。その後第三次世界大戦が勃発。戦場で一年と七か月戦ったのち空爆に巻き込まれ右手と両足を失う。

手術を受けバイオティック兵となり、素体化特殊作戦群ニューデルタフォースに配属される。三年間要人救出や戦後処理のゲリラ掃討を行い、現在第五分隊の隊長となっている。

趣味は映画鑑賞。特に一昔前のハリウッド映画を好む。

政治、宗教ともにノンポリシー。偏向思想等も無し。……以上で間違いはないかしら？』

ブリーフィングルームに備え付けられた大型モニター越しにブロンド女が問い掛ける。シャープな眼鏡でインテリぶっているが歳《とし》はまだ二十代だろう。あくまで見た目が、だが。

「間違いはない。ついでに言うとマッチョイズムを信仰していて決して小児性愛や女装願望はないって事だ」

クリスは少女の姿と少女の幼い声でそれに答えた。

『それがあったらこの任務には抜擢《ばってき》されないわね』

ブロンド女の小馬鹿にする態度が少々癪《しゃく》に障《さわ》る。

「早いとこその任務とやらを教えてくれないか、大統領秘書官殿《サービスレディ》？」

『正確には軍事秘書よ。大統領専属軍事秘書官のレイチェル・ハワード。シークレットサービスも務めているわ』

「シークレットなサービスね」

『お喋《しゃべ》りはここまで。大統領からの命令指示映像《メッセージビデオ》を流します』

秘書のレイチェルはお喋《しゃべ》りを切り上げる。

「ヘイ。他のメンバーはどうした？　まさか単独任務《ソロ》じゃないだろうな？」

クリスは軽口を叩《たた》きながらも、この状態に異常を感じていた。

そもそも自分が幼い少女の外見をしている事自体が異常だが、命令はフリーマン中将じゃなくモニター越しの秘書官からときた。いくらニューデルタフォースが大統領直轄とはいえ将官を超えて直接命令された事などない。

『メンバーは他に三人いるけれど、それぞれ別の場所で指令を受けて現地集合よ』

「現地集合？　エレメンタリースクールのピクニックじゃあないんだぜ？　ランチボックスのサンドイッチにコンビーフいれたか？」

現地集合などブリーフィングもフォーメーションの確認もくそもない。

『シャラップ！　いいから流すわよ！　時間もそんなにないの！』

映像が切り替わる。

「ふぁっきんひす女……」

クリスは舌足らずな悪態をつくと隣のフリーマン中将が咳払《せきばら》いをした。上官の前で軽率な態度だった。しかしこの姿ではお爺《じい》ちゃんと孫娘の様な絵面《えづら》である。

姿勢を正してモニターに集中する。

『やあ。皆の大統領。ジョン・スミスだ』

軽快な声音と共に男の映像が映し出される。

背景はホワイトハウスの大統領オフィスだが、CG合成だろう。大統領からの映像というものは今現在の場所を把握されない為《ため》に常にホワイトハウスが背景だ。

スミス大統領は典型的な金髪碧眼《へきがん》のアングロサクソン系で、優男の様な目と口元の爽やかな笑みが余裕を感じさせる。

爽やかすぎて作り物めいた笑みだが、政治家というものは皆作り笑いをしているものだ。

公表では四十歳だが、その雰囲気から三十代に見える。だが戦後の合衆国を強く正しくという理念のもと、政治経済共に再建に努めている。そんな彼の手腕と人望は高い支持率が証明している。

それゆえ敵が多い人物でもあるが……。

『さっそくだが私の乗っていた飛行機が爆破された』

「なんだって？」

録画だとわかっていながら聞き返してしまう。

『バカンスでニューヴェネツィアにいたんだが、帰りの飛行機でドカンとね』

『だが心配しないで欲しい。飛行機は不時着し私はこの通りピンピンしている。スカッシュだって出来る』

大統領はラケットを振るジェスチャーをする。

『しかし深刻な問題がひとつある。それは私の娘がまだニューヴェネツィアにいる事だ』

「娘が……？」

『今は別荘でシークレットサービスに護衛させているが、いつテロリストの標的になるかもわからない。しかし緊急帰国させようにも正規のルートは危険が伴うだろう』

『そこでだ、君達ニューデルタフォースに娘の護送をお願いしたい。それも極々秘密裏にだ』

なるほど、その為《ため》の素体という事か、とクリスは得心した。

あからさまな強面《こわもて》マッチョが少女を囲んでいたら誰が見てもボディーガードに守られた要人の娘にしか見えない。あるいは自分達が変態誘拐犯に見られるかだ。どちらにせよこの上なく目立つ。

『今回の件で、まだ「彼ら」にとって第三次世界大戦は終わっていないのだと痛感したよ……』

「彼ら」とは、敗戦した国、あるいは思想集団の過激派、いわば戦争の亡霊だろう。第三次世界大戦の勢力図は混迷を深めており、一部の大国は内部で複数の国に分裂して戦った程だ。そんな混沌《こんとん》とした戦いが全世界という規模になったのが第三次世界大戦だ。

だから明確な敗戦国を決めるのは難しい。そうでなくとも、戦争終了後に実は国内の過激派が独断でやった事なんですと言って戦争責任を逃れる国も少なくなかった。

『どの国も、皆等しく傷を負った。だが明確な事がひとつある。それは勝利したのはこの合衆国《ステイツ》だという事だ』

『ようやく訪れた世界の秩序と安定の為《ため》にも、平和の柱たる合衆国はテロに屈するわけにはいかない。これは私の娘だけではなく、世界の平和を守る戦いだと心得てくれ。それでは諸君らの健闘を祈る！』

大統領からのビデオメッセージが終わる。

クリスは合衆国の軍人として敬礼を以《もっ》てそれに応えた。

Scene 2

> 出会い

EPISODE

New Teammates

MIMICRY GIRLS

Novel: Hitaki
Illustration: Asanaya

The year is 2041. It has been several years since the development of artificial body technology, commonly known as "mimicry"

【イタリア　ニューヴェネツィア　幹線道路　0900時】

空母からVTOL機《オスプレイII》でイタリア北東部のアヴィアーノ空軍基地に降り、車に乗り換えて一時間半。

クリスは黒塗りのキャデラックの後部座席から外の景色を見ていた。

地球温暖化による水面上昇により水の都と謳《うた》われたヴェネツィアは、沖に近い東側を中心に殆《ほと》ど水没してしまっている。それに加え戦争の災禍に巻き込まれたこともあり、旧市街地には住む人はいない。

代わりにイタリア本土に近く水没も軽微な西側を埋め立て土地を造成し、3Dプリント建築でかつての街並みを再現したヴェネツィア《ニューヴェネツィア》新市街計画が、戦後復興の観光資源開発として打ち立てられた。

「もうここまで完成したのか……」

イタリア本土と海を横断してニューヴェネツィアを繋《つな》ぐ4㎞程あるリベルタ橋の道路。そこから見えるヴェネツィア新市街は昔ながらの街並みを感じさせる。

車は新市街に入るとさらに奥、富裕層向けの高級別荘地へと向かう。

水の上に通されたコンクリートの道路橋、縦横無尽の水路、大通りから一歩路地に入ると迷路じみた狭い構造。クリスはその地理特性から護衛方法や想定される危機を計算する。

しかし時折窓ガラス越しに見える自分の幼い顔がその思考を妨げる。

しかめ面《つら》をしてその顔を金眼で睨《にら》んでみても、子供が拗《す》ねている様にしか見えない。

「くそ……」

口に出した悪態《ふあっく》も、舌足らずで子供の真似事《まねごと》にしか聞こえない。

クリスは苛立《いらだ》つ精神を落ち着かせようと過去の訓練を思い出す。

それはまだクリスがひよっこで教育隊にいた時の教官の教えだ。

――どのような状況であっても戦士の心は失うな。敵を殺す武器は銃でも手足でもなく貴様達の心だ。

「ランボージイさん《オールドランボー》、まだ教官やってんのかね」

イロコイ族を祖先に持つその教官は、このようなあだ名が付けられる程の鬼教官であったが、時折語られる彼の精神論にクリスは畏敬の念を抱いていた。

教官は第三次世界大戦に加えそれ以前の戦争をも経験した歴戦の古強者《ふるつわもの》であり、その精神論には確かな真実が感じられたのだ。

こんな体になってはいるが、大統領の娘を守るという誇れる任務がある。ならば自分は戦士の心を失ってはならない。そう決意すると体にエナジィが湧いてきた。

「そろそろ到着します」

しばらくして、運転席からシークレットサービスの男が到着を知らせる。

今回の作戦は極一部の軍関係者にしか伝えられていない。

表向きは要人の娘がお忍びで大統領の娘に会いに来た、という事になっている。

「あれか……」

フロントガラスから見えたのは別荘というより海上の古城だった。

もっとも、大きさは実際の城と比べて遥《はる》かに小さい。外観こそ石造りの古城の様に見えるが、中は最新のセキュリティ満載で備えているだろう。

車は門をくぐり地下の駐車場に入る。駐車場は現代的なコンクリート造りだ。

車を降りてシークレットサービスに付き添われてエレベーターに乗って上がる。外に一切姿を出さずに室内へ入れるのだ。

エントランスではブロンド女こと大統領秘書のレイチェル本人が待ち構えていた。

「ご苦労。あとは私が引き継ぎます」

レイチェルは他のシークレットサービスに指示を出し終えるとクリスに向き直る。

「直接会うのは初めてね。はじめまして。私がファッキンヒス女よ」

「聞こえていたのか……。クリスだ」

「あら、その名前は少し男性的ね。クリスティの方が可愛《かわい》らしいわよ？」

「それが指示ならばそのコードネームで従おう」

クリスはもう些細《ささい》な事では心を乱されなかった。任務で偽名を使う事などよくある。クリス、クリスティはそう自分を納得させた。

「こっちのゲストルームで待機しておいて」

「了解」

レイチェルと別れゲストルームへ入る。

ゲストルームは古城に相応《ふさわ》しいロマネスク調の瀟洒《しょうしゃ》な内装で、大きなソファとティーテーブルが特徴的だった。

何よりも目をひいたのはそのソファに座って紅茶を飲んでいる少女だ。

少女の髪は緑一色でゆったりと広がっており、クリスティはまるでクリスマスツリーみたいな髪だなと思ったが口に出すのはやめておいた。

この部屋にいるという事は恐らく今回の任務に当たるニューデルタフォースのチームメンバーなのだろうか。いや、こんなふざけた格好をする奴《やつ》が特殊部隊のはずがない。

紅茶を置いて少女が口を開く――。

「わぁ～～！　可愛《かわい》い子がきたのじゃ～～！　任務よろしくなのじゃ～～！」

「オーケイあんたの頭がクリスマス並みにハッピーなのは今わかった」

チームメイトのロリータプレイに頭を抱える。

同じニューデルタフォースといっても隊員全員と知り合いなわけではない。他所《よそ》に情報が漏《ろう》洩《えい》した時の被害を最小限にする為《ため》に、各自が持っている個人情報は断片的で、全部で何人いるかも知らされていない。

「誰だか知らないが随分と能天気な奴《やつ》だな」

「む〜、名前はマーリンじゃ。よろしくのう！」

可愛《かわい》い笑顔とともに右手が差し出される。

「……隊長を務めるクリスティだ」

クリスティはなんの悪夢だと思いながら、差し出された右手に握手をする。

「愚かなのじゃ〜」

「は？」

次の瞬間、クリスティは地面に組み伏せられ、腕を後ろに取られた逮捕術でおなじみのハンマーロックの状態になる。

「痛っ、おい！　これは何の冗談だ！」

「気が抜けておるぞ、クリスよ」

マーリンの雰囲気が一変する。老練な戦士のそれを感じる。

「こうした不意打ちに弱い素直さは昔から変わっておらんな」

「なっ……まさか……」

「ワシはウッディ・フォレスト五等准尉。ランボージイ《オールドランボー》さんと言えばわかるかのう」

腕が解放され、相手を見上げる。

「教官？　嘘《うそ》だろ……？」

イロコイ訛《なま》りの口調は確かに聞き馴染《なじ》みがあった。

しかし鬼教官と恐れられ、下士官の最高位《叩き上げのトップ》五等准尉の位を持つ歴戦の戦士たる教官が、こんなロリータプレイをしていたのかと思うといよいよ正気を疑ってしまう。

「フム、たとえ馬鹿馬鹿しく見えても、任務を果たすためには道化にもなる。大事なのは戦士の心だと教えたはずじゃがな」

「なるほど、演技だったのか……」

見事な擬態《ミミツク》だ。頭がハッピーな残念な奴《やつ》だと騙《だま》されていた。

「ワシの事は今後もマーリンと呼べ。本名は呼ぶな」

流石《さすが》教官である。記憶が正しければ退役していてもおかしくない齢《とし》なのに、任務の為《ため》にそこまで演技が出来るとは。

自分はまだ覚悟が足りなかったとクリスティは気を引き締める。

「じゃあ改めてよろしくなのじゃ～クリスティちゃん」

「あ、ああ……」

「お友達だぁ～！　わーいわーいっ！」

「抱き着くなっ！　あばれるな！」

そのままソファに押し倒される。傍目《はため》から見れば少女二人がじゃれ合っている様だろう。

「えっへへ〜ふわふわじゃ〜」

演技とは言うがこの老人、どうも楽しんでいる様にしか見えないのは気のせいだろうか？　のじゃ〜、と言いながらなおもくっつくマーリン。本当にそういう趣味が……？

「くっつくな、あとその変な口調はなんなんだ」

「フム？　今どきの女児はこう喋《しゃべ》るのが流行《はや》っておるのじゃよ？　孫が好きなアニメにもそういう子がおったし間違いないのじゃ〜！」

それは大いなる間違いだと思うのだが……。

「とりあえず離れてくれ、いい加減に——」

「……してクリスティよ。今回の作戦ちとキナ臭いとは思わんか」

抱き着いた体勢のままマーリンが耳打ちする。

盗聴の警戒。そういう抜け目の無さに恐ろしさすら感じる。鋭く冷えた雰囲気にクリスティはマーリンの演技を疑った事を反省する。

「……ああ、こんな姿も含めて全てがイレギュラーだ。秘匿性を重視するにしても、指揮系統が不透明過ぎる」

ニューデルタフォースは大統領直轄だがそれ以前に軍属でもあり、普通作戦は軍主導で行われる。政府、軍、あるいはＣＩＡといった諜報《ちょうほう》機関。この三者は軍事行動の際しばしば意見が対立する。今回の作戦にあたり何かしらの駆け引きの結果がこの状況なのかもしれない。

「身内のプライド争いならば可愛《かわい》いものじゃが、後ろからカマを掘られるのは御免蒙《こうむ》る」

それは内部の裏切りに対する警戒……。

「考え過ぎでは？」

「だといいがの」

抱き着いたマーリンの表情はわからないが、油断のならない任務だという事はわかった。

突如、ゲストルームの扉が開く。

「待たせたわね。護衛対象との顔合わせを……」

ゲストルームに入ってきたレイチェルは言葉を止める。

可愛《かわい》らしい少女がソファでじゃれ合っている姿は微笑《ほほえ》ましいものだが、その中身がおっさん二人だとしたらどのような感想を抱くだろうか。

「人選の練り直しを考えなきゃね……」

「待て待て誤解だ！　これはマーリンから抱き着いてきたんだ」

「でもクリスティちゃんは押しのけなかったのじゃ？」

「こんのジジイ……！」

マーリンの、元教官の察知力ならばレイチェルが近づく気配もわかっただろうに。

「遊びはそこまでにしておいて」

レイチェルに一喝される。まるで叱られる子供のようだ。

「言っとくけど大統領の娘相手にそういう事はしないでよ。あの子は冗談じゃ済まさない性格だから」

「するわけないだろう。それよりさっき護衛対象と顔合わせと言ったが、まさか護衛メンバーは俺達二人だけなのか？」

「今のところは、ね。あと二人向かっている最中だけど、ここもいつまでも安全とは言えないし、一刻も早く離れる必要があるわ」

「大統領の飛行機が狙われたんだ。秘密の別荘ぐらい簡単に見つかるか」

「そ、という事でお姫様にご挨拶よ」

城の中心部。謁見の間とも言える場所にクリスティ達は案内される。

たかが別荘だと思っていたが想像以上に凝った造りだ。昨今の３Ｄプリント建築は馬鹿にできないという事か。

王座とも言える場所には、紺のスカートに白のブラウスといったお嬢様然とした服を着た少女が座っていた。

父親と同じく金髪だが目は青緑だ。白人でもグリーンアイは珍しい。整った顔と相まって誰もが羨む容姿だろう。

「遅かったじゃないの、このノロマ達！」

ロングストレートの髪をかき上げ、開口一番は罵声であった。

「まったくどれだけ待たせるの」

「ごめんなさいねメアリー」

レイチェルが宥《なだ》める。お姫様はメアリーというらしい。

(本当に娘がいたとはな……)

クリスティは大統領に娘がいる事は今回初めて知るところだった。

だがそれは驚く事ではない。

近年、手段が多様化しているテロ行為に対し、家族の存在は一般には秘匿される。

第三次世界大戦以降、各国のファーストレディー外交も取りやめたほどだ。

「いるかもしれないという噂《うわさ》は聞いていたが……」

「人一人を完全には隠蔽出来ないからのう」

マーリンの言う通りだ。ずっと閉じ込めておくわけにもいかない。メディアの露出が無いだけで、諜報《ちょうほう》機関クラスならば筒抜けだろう。

「箱入りの我儘《わがまま》お姫様か……」

自由に往来を歩けない分、相当甘やかされて育てられたのだろう。

と、クリスティの言葉をメアリーが聞き咎《とが》めた。

「そう、私はお姫様よ。そしてアンタ達はその駒、下僕よ」

メアリーは髪を手で上げ払う。

「アンタ達中身は良《い》い歳《とし》したおっさんなんでしょ？　きっもち悪い」

「マーリンは中身も十二歳なのじゃー」

「いやジジイだろ……」

クリスティが元教官を咎《とが》める。もはや遠慮は無い。

「ほんとは同じ空気吸うのも嫌だけど、まあ寛容にも我慢してあげるわ。だからさっさと私を帰国させなさい」

護衛対象が傲慢なのはよくあることだ。相手が少女ならば特に腹も立たない。

「オーケイ。駒でも何でも構わない。俺達は無事にお姫様を合衆国へ届けよう。挨拶が遅れたな。隊長のクリスティだ」

クリスティは握手を求める。

しかしメアリーはそれに応えずレイチェルの方を向く。

「レイチェル。さっさと車を出しなさい」

「はい。用意させています」

握手を無視された形となったクリスティはこの任務に対し、さらなるヘビーさを感じた。

一息つく間もなく、クリスティ達は車に乗り込んだ。車はクリスティが乗ってきたキャデラックと元からあったSUV仕様のベンツの二台だ。

先頭にベンツ、メアリーを守るクリスティ達はキャデラックへと乗り込む。

いかにも要人が乗っていますといった車列だが、下手に分散させるよりは安全だ。

「しかし性急な出発だな」

助手席に乗るクリスティが運転席のレイチェルに文句を言う。

クリスティが別荘に到着してから十五分も経《た》っていないだろう。

「あの場に留まって高まり続けるリスクと打って出るリスクを秤《はかり》にかけただけよ」

「事態は思ったより切迫しているという事じゃな」

後部座席にマーリン、その隣にメアリーが座っている。

「一先《ひとま》ずアヴィアーノ空軍基地へ向かうわ。何もなければそのまま離脱できる」

アヴィアーノ空軍基地はここへ来る際クリスティが降り立った基地だ。イタリア空軍の基地ではあるが合衆国空軍も間借りしている。何もなければ車で二時間もあれば着くだろう。何もなければだが。

「ところで今回おいたしした敵さんはどちらさんなのじゃ～？」

マーリンがにやにやと問いかける。

敵は誰か。

それはクリスティも気になっていたところだ。大統領の暗殺を企てるなど、候補は無数にいるがそろそろ目星ぐらいはついているだろう。

「バル・ベルデって知っているわよね？」

「悪役の名前だな」

バル・ベルデとは、元はハリウッドでよく用いられる架空の悪役国家の名前だ。実在の国を悪役にすると都合が悪いので昔のハリウッド映画では共有設定として脚本に使われていた。有名どころでは昔の映画になるが『コマンドー』のバル・ベルデ共和国だろうか。

「それが由来だけど言っているのはウェブサイトの方ね」

もちろんクリスティも承知の上だ。

今ではバル・ベルデと言えばとあるウェブサイト、またはそこを利用する人々の事を言う。

かつてシルクロードという名の違法薬物売買サイトが存在したが、バル・ベルデは言うなれば『違法武力売買サイト』。通常のアクセスでは辿《たど》り着けないダークウェブにあるそこでは、様々な目的の為《ため》にイリーガルな力を必要とする者と、それを提供できる者が取引している。取引の規模は単なる人殺し依頼からちょっとした紛争まで多岐に広がる。

「三日前、バル・ベルデのフォーラムに一つの記事が投稿されたわ」

「どんな？」

「合衆国大統領の飛行機を爆破する」

「ひゅー、なるほどのう」

マーリンが頷《うなず》くとレイチェルが眉間を指でつまむ。

「そして実際に爆破された。この手の予告なんて日に何百とあるけど、実際に成功されると一気にお祭り騒ぎね。正確には撃墜というより不時着だけど、爆発の瞬間を撮られたビデオがネット上に上がっているのが決定的ね」

「フェイクじゃないのか。あるいはフェイクという事に出来ないのか」

「本物よ。まぁ不鮮明な部分もあるし、いま情報部が揉《も》み消しを行っているけど、それよりも大きな火種ができた」

「大きな火種？」

クリスティが聞き返す。

「ふむ、そう繋《つな》がるのじゃな」

マーリンは横目でメアリーを見る。

「そう。その火種は、今度は大統領の娘を狙うというもの」

「娘を……」

「理由はまあ、いつもの「合衆国の横暴に鉄槌《てっつい》を」とか「戦争の火は消えていない」とかね。でも本当に重要なのは、今度は予告ではなく懸賞ということ。殺害した証拠で五百万ドル。誘拐で五千万ドル」

本当ならば一生遊んで暮らせる額だ。本当に貰《もら》えるのならば、だが。

「バル・ベルデには元々懸賞システムがあるけど、ターゲットも金額もここまで大きいものは前代未聞《ぜんだいみもん》ね。もちろん信じない人が多数よ。そもそも一般には娘がいる事は知られてないし。──でも信じる人も少なくない」

元々バル・ベルデにアクセス出来る人間は裏事情に詳しい。大統領には実は娘がいる、という情報は摑《つか》んでいるだろうし、何より大統領機の爆破予告が成功したのだ。信憑《しんぴょう》性は高い。

「ちなみに懸賞金は既に暗号通貨で見せ金としてサイト上に振り込まれているわ。少なくとも支払うだけのお金はあるようね」

「嫌な追加情報だ」

当事者であるメアリーはどれほどの不安を抱えているだろうか。

体も中身もまだ十歳ほどという少女の様子を窺《うかが》う。

「何よ。金に釣られて裏切ったら承知しないわよ！」

メアリーが上から目線で言う。不遜な態度だが、不安の裏返しとも言えるのだろうか。

「安心しろ。子供を売るほど金に困っちゃいない」

裏切ったところで人工素体《ミミック》であるクリスティは軍のメンテナンス無しでは長く生きられない。

仮にそういったリスクや制約がなかったとしても、クリスティがかつて憧れたハリウッド映画の主人公はそういう事はしない。

「そろそろリベルタ橋ね」

運転するレイチェルが言う。

車列は港沿いの幹線道路を走り、左斜め前方にはイタリア本土とヴェネツィアを結ぶ唯一の橋が見えた。クリスティも通ってきた橋だ。

「本土との唯一の橋か、――ワシなら落とすのう」

「は?」

マーリンの不吉な言葉をクリスティが聞き返そうとする前に前方の光景に目を奪われる。

「くそ……《ふぁっく》!」

リベルタ橋から轟音《ごうおん》と共に爆炎が見えたのだ。

「橋を落とされた!?」

レイチェルが驚愕《きょうがく》の声をあげる。

「落ちてはない、が通行はしばらく出来ないだろう」

周りの車も異変に気付いたのか、混乱が起きはじめる。

「まずいな。レイチェル! 車の移動を! 渋滞で身動き出来なくなるぞ」

「わかってるわ。カーゴからフェンサー。Uターンしてポイント B へ移動!」

レイチェルが無線で前のベンツに指示を出す。

ベンツが左へハンドルを切ると直後、

「――」

何かがベンツを掠《かす》めた後に地面が爆発した。

「ッッッRPG！」

クリスティが叫ぶ。

ロケットランチャーが撃ち込まれたのだ。

前方のベンツは幸い直撃しなかったが車体が横転して道を塞いでしまった。中のシークレットサービス達の安否はわからない。

「街中でなんてモンぶっ放してんだ！」

「スモークを散布するわ！」

レイチェルが運転席のレバーを操作するとキャデラックの周囲から煙幕が立ち上り束《つか》の間の目隠しとなる。

「車を放棄する！」

クリスティはリーダーとして判断する。

「ちょっと下僕！　車の外に出ろっていうの？」

メアリーの反論は当事者の心理としては当然だろう。

「このまま留《とど》まっても第二射の的になるだけだ」

既に後手に回っているのだ。主導権をとられたままでは追い込まれるだけだ。

「武器は何かあるのかのう？」

「ダッシュボードにあるわ！」

　レイチェルに言われてダッシュボードをひらくと黒いハードカバー本の様な、四角いプラスチック製の物体が二つ入っていた。

　ＦＤＰ９。マグプル社が開発した折り畳み式ディフェンシブピストル《Folding Defensive Pistol》。装弾数三十三発。９㎜パラベラム弾を一秒に二十発のレートで撃ちだす要人警護の銃だ。

「二十年も前の銃か。流石《さすが》ＭＰ５で半世紀凌《しの》いだ組織だ」

「信頼性があると言って」

　常に最新の装備で戦ってきたクリスティにとっては物足りなさを感じるが、確かに長年使われてきた銃は歴史的な信頼があるともいえる。

「わかってると思うけど、街中での発砲は厳禁よ」

「ああ、その忠告は命の次に大事にするよ」

　クリスティはＦＤＰ９を肩に掛ける。ご丁寧に肩掛けベルトもついており、折り畳まれた状態はまるでポーチバッグだ。詳しくなければ誰も銃とは思わない。

「じゃあマーリンが囮《おとり》になるのじゃ」

　マーリンが手を後頭部にやるとクリスマスツリーみたいだった緑の髪が一瞬で金色のブロンドヘアーへと変わった。

「便利な髪だな」

一部のセレブが使っているカメレオンウィッグと似たような技術なのだろう。

「レイチェルはマーリンに付いてそれが護衛対象の様に振る舞ってくれ。俺とメアリーで一般人に溶け込む」

大統領の娘の情報はせいぜいアングロサクソン系から推察される髪色ぐらいで顔は広まってないはずだ。金髪の子供は観光地のここでは珍しくはない。

「了解したわ。これ、イリジウム衛星無線よ。チャンネルはそのままで暗号回線」

レイチェルがもう一つのＦＤＰ９を装備しながら無線を渡してくる。

「時間が経《た》てば事態を聞きつけたイタリア本土からの増援も来るはず。なんとか守ってね」

「ああ」

「待ってレイチェル。こんな幼女趣味のおっさんと私を二人っきりにするの？」

事態を呑《の》み込んだメアリーが抗議の声をあげる。

「ええ、こんな格好をしているけど信頼できる軍人さんだから」

「好きでなったんじゃない！」

「早く行かんと煙幕が晴れるぞい」

「それじゃ頼んだわよ」

レイチェルとマーリンが車から出て煙の中へ消えていく。

ほどなくして散発的な銃声が鳴った。やはり車から離れるところを狙われていたようだ。

「さて、こっちも大変だぞ」

後部座席で身を縮ませていたメアリーは、明らかにこちらを警戒していた。


【ニューヴェネツィア　目抜き通り　0935時】

メアリーの手を引いて先ほどの現場から離れた場所にきた。

「どこか店に入って待機したいが、まだ不自然か……」

近くでテロ事件があったのに、子供二人が平然とカフェに入っていくのは無理があるだろう。

「せめてあと一ブロックか」

クリスティはテロ事件対応の経験を思い出す。

通常、街で爆破事件、発砲事件が起きると現場はパニックになるが、三ブロックも離れれば人々は平穏そのものとなる。現場に居合わせた人でさえ、のんきに写真を撮ってSNSに上げたりするのだ。正常性バイアスか、それとも自分達は安全だと思っているのか。

「ねえ、いつまで手を握っているつもり？」

クリスティが思案しながら歩いていると隣のメアリーから不満の声がした。

「はぐれたら終わりだろう」

「そんな事言って手を触りたいだけでしょ？　この変態」

頭の重くなる事がまた一つ。護衛対象が非協力的な事だ。

クリスティは子供のお守りなんてしたことが無かったが、だからといって投げ出すわけにもいかない。これも任務だと割り切る事にした。

「メアリー。俺は誓って変態ではないし、この任務を真剣に遂行するつもりだ。この姿も任務の為《ため》に仕方なく、だ。俺に幼女趣味はない。無事に帰る為《ため》にも今は協力してくれ」

「……ふん。人混みを歩いて疲れた。あそこのベンチに座りたいわ」

メアリーが指さしたのは水路沿いにあるこぢんまりとした公園のベンチだ。現場からは離れた場所だ。ある程度安全と言えるだろう。

「そろそろ無線で連絡を取る必要もあるか」

クリスティとメアリーはベンチに腰を下ろす。

ＦＤＰ９は念のため服の中に隠し、無線機を取り出す。小型化されており子供の手にもすっぽり入る。それでも普段骨伝導式の極小インカムに慣れているクリスティからしたら前時代的な代物だ。音量のツマミを捻《ひね》って電源を入れる。

「確かチャンネルはそのままだったな」

念のため辺りを見回すと通行人が見えたので無線機をしまう。子供が無線機をいじるのは不自然だろう。連絡を取るのは周囲に人がいなくなってからで……。

「あれ～お嬢ちゃん達どうしたんだい？」

「っ⁉」

あろうことか通行人が話しかけてきた。男二人組だ。軟派な恰好《かっこう》をしたイタリア男達だ。

「おい怖がらせちゃってるだろう」

「そうかい？　俺は女の子に怖がられた事なんてないけど？」

「全く、相手を考えろ。君達迷子か？　近くで物騒な事があったから危ないぞ」

単なる親切な人達、と判断するのは早計か。

「……」

ひとまず子供らしい演技をするべきだ。軍人口調ではいけない。

こんな事もあろうかと、作戦前に催眠学習で「十歳前後の少女における言動態度」を習得してある。

バイオティック兵における言葉の学習は重要な物と位置付けられており、例えば同じ英語でもアジア人の英語やヨーロッパ人の英語は発音が全く違う。同じ合衆国人でさえ州によって訛《なま》りがある。このようにその素体に合った喋《しゃべ》り方が要求されるので、脳に催眠による刷り込みをしているのだ。

見せてやる。最新のテクノロジーによるニューデルタフォースの本気を。

クリスティはすぅ、と息を吸う。

「は、はわわ～っ、カッコいいお兄さん達で胸がどきどきしちゃったですぅ～！」

両のおててを口元にあて、顔を真っ赤にする。

最新の学習デバイスにより幼女の仕草のトレースも完璧である。

「……お、おう？」

「あっ！　もしかしてナンパですかぁ⁉　わぁ～嬉《うれ》しいです！」

「いや、俺達はそういうんじゃ……」

「あわわ、でもお父さんとお母さんに知らない男の人と話しちゃめっ！　って言われててぇ……、お父さんが戻ってきたら困っちゃうのですぅ！」涙目うるうる。

「そ、そうかい。迷子じゃないなら良かったよ。じゃあ……」

「は～いっ。ありがとなのです！」おててブンブン。

男達はその場からいなくなる。クリスティは完璧な演技だったと自分を誉《ほ》めたくなった。

得意顔でいるとメアリーが青ざめた顔でこっちを見ていた。

「ヘン、タイ……」

任務の為《ため》だ。任務を完璧に遂行しただけだ。クリスティは自分の行動は何も間違っていないと自分に言い聞かせる。

遠ざかる男達の会話が漏れ聞こえてくる。

「昔友達が付き合っていた彼女がああいう痛い子だったなぁ……」

「だから違うって言ったんだ」

どうにも腑《ふ》に落ちない評価だが作戦には関係ないものだ。

「しかしタランティーノファミリーが追っていた方は偽者《にせもの》だったらしいからな」

「俺達弱小ファミリーが五千万ドルなんて夢物語だよ」

関係なく、ない？

バル・ベルデの主な利用者はアウトロー集団だ。こんなところにもいたとは……。

つまり今のやり取りは首の皮一枚だったという事で……。

『こちらレイチェル。追っ手は撒《ま》いたわ。そっちはどう？』

ポケットの無線機から大きな声がでる。

ポケットに入れる際、音量ツマミが最大になっていたのだ。

「っ」

慌てて無線機の電源を切りポケットに仕舞う。

「……」

顔をゆっくりと男達の方へ向けると相手もこちらを見ていた。

「……」

「は、はわわ～……なんて、てへ？」

「捕まえろ！」

「逃げるぞ！」

クリスティはメアリーの手を引き走り出す。

「ばか！　あほ！　へんたい間抜け！」

メアリーの罵倒ももっともだ。使い慣れてない旧式の無線機だったとはいえクリスティのミスだった。

「待ちやがれ！」

足の速さの差は歴然だ。すぐに追いつかれるだろう。素体の小さい体を恨む。

銃で応戦するか？　しかし見たところ相手は非武装だ。他国の街中で非武装の相手を銃撃すれば国際問題にもなりかねない。もしもの時は躊躇《ちゅうちょ》していられないが。

「あれだ！」

公園の端に置いてあった荷物運搬用の木製パレットを蹴り飛ばす。人工筋肉で強化された蹴りは文字通りパレットを飛ばし水路へばらまく。

「飛び乗るぞ！」

「ちょっとどこ摑《つか》んでるの！」

クリスティはメアリーの腰を摑《つか》みパレットの上へとジャンプする。

水しぶきが上がるがパレットはひっくり返らず、そのまま慣性の力で向こう岸まで進んでくれる。

「俺達も行くぞ！」

「おう！」

イタリア男二人が同じように他のパレットに飛び移る。

「うああああああっ」」

体重というより高い重心の問題で二人とも盛大にひっくり返った。

相手が馬鹿でよかった。

「今のうちに上がるぞ」

クリスティが先に対岸に上がりメアリーを引っ張り上げる。

「やだ、服が汚れちゃうじゃない」

「言ってる場合か」

いかに強化された人工筋肉があろうと子供が子供を引き上げるのには少々手こずった。

「ハァーハァー……ま、待ちやがれ……」

「くそ、自慢の髪形が崩れちまった……」

水路に落ちた二人組も泳いで対岸まで辿《たど》り着いたようだ。

「走るぞ！」

多少距離をとれたが、ずぶ濡《ぬ》れの二人が追いかけてくる。

「ちっ、このままじゃ同じことか」

小さな体、人通りも多くなって銃も使えない。

「この子供の体が……いや、そうか！　今は子供なのかっ」

クリスティは当然の事を閃《ひらめ》いて近くにあったカフェに入る。

そしてすぐに追っ手の二人組が入ってくるタイミングで、

「助けてください！　変なおじさん二人に追われてますぅ～～～！」

カフェの大人達に助けを求めた。

片や、十歳前後の可愛《かわい》らしい少女二人。

片や、ずぶ濡《ぬ》れで血走った目をした男二人。

「……こんな女の子を追い回すたぁ、とんだ変態だなァ？」

「見過ごせないねぇ、ヴェネツィアーの色男とは僕の事さ」

「アンタ、フライパン持ってきて、そっちのデカいの」

「港仕事で鍛えられた俺の筋肉が暴れたがっている……」

カフェにいた客や店員がゆっくりと立ち上がる。

「お、おいちょっと待ってくれ、これは違うんだ」

「ガキに興味はねぇんだ。いや、捕まえようとはしたけど……」

「あの人達に服を脱がされそうになりましたぁ！」

トドメとばかりにクリスティが告発する。

「ち、違うんだぁぁぁ！」

その言葉を最後に二人組は袋叩《ふくろだた》きにされた。

「……安らかに眠れ《R・I・P》」

思わずクリスティは追悼の言葉を述べる。

「よし、今のうちに裏口から出るぞ」

大通りでは目立ち過ぎた。このままカフェで保護してもらう手もあるが別のマフィアが来ている可能性もある。

裏口のドアを開け狭い路地裏にでる。大通りから店一つ挟んだだけのそこは迷路の様だった。

メアリーの手を引いて路地裏を行く。

まだ午前中だというのにやけに薄暗い。

「なんだか不気味……」

握ったメアリーの手がこわばる。

古き良きヴェネツィアを再現するニューヴェネツィア計画。裏通りにはまだ住民が入りきっておらず生活感が無く、まるでテーマパークのハリボテの裏側。

「早いとこ人気《ひとけ》のあるところに戻ろう」

大通り方面にあたりをつけ、路地の角を曲がる。

すると前方に帽子を被《かぶ》った黒いコートの男が見えた。

「なに、あれ……」

ただの通行人、と思うのは楽観的だろう。

男が胸元に手をやる。

「っ！」

クリスティがメアリーと共に強引に路地へ引っ込むのと同時に、カシュと乾いた音が連続で鳴った。

「くそっ、ノータイムか」

よく見えなかったがサプレッサー付きのサブマシンガンだろう。

さっきの馬鹿二人とは違う明らかな殺しのプロ。

「なら遠慮なく！」

ＦＤＰ９を取り出し、横のボタンを押して一秒でストックとグリップが展開。

ストックを肩にあて路地から顔だけ出し十発ほどのフルオート射撃。

「――！」

男の胴体へ数発の着弾を確認。踵《きびす》を返しメアリーの手を取り走り出す。

９㎜弾のため相手が防弾チョッキを着ていれば致命傷にはならないが、すぐに動く事は出来ないだろう。

問題は銃声を聞きつけた別の刺客が来る事だ。

「次から次へと刺客が、まるでジョン・ウィックだな」

「はぁはぁ、なにそれ？」

「昔の映画だ」

走り通しでメアリーの息も荒い。

路地に反響して男達の声が聞こえてくる。新たな追っ手だろう。

「どうする……」

「っこっちだ！」

空き家、物陰、路地の奥、逃げ場を探す。

選んだのは水路。そこへ下りる階段だ。

「泳ぐ気⁉」

「水には入らない」

ある程度階段を下りると横穴が見える。建物の下を通る地下水路となっているのだ。

整備用の歩行通路がついており、水に入らなくても通っていける。

何より嬉《うれ》しいのは鉄格子《てつごうし》がされている事だ。

観光客が立ち入らないようにか、ゴミ止めかはわからないが、子供の体ならば通り抜けられる。

「また服が汚れるなんて言うなよ？」

「もう汚れてる」

文句を言いながらもメアリーはついてきてくれた。

いくつかの角を曲がり追っ手の気配もないようだ。

地下水路の中は思ったほど暗くはない。時折ある上部の鉄格子から外の光が入っているのだ。

「これなら無線も入るか」

音量調整に注意して電源を入れる。

「こちらクリスティ。応答願う」

『良かった！　無事だったのね。レイチェルよ』

「そちらの状況は？」

『マーリンが襲撃者の一人を捕縛して情報を訊きだしたわ。どうやら複数のマフィアがニューヴェネツィアで網を張っていたようね』

流石《さすが》マーリンだ。あの状況で逆襲にでるとは。

『ともかく一旦合流して早急にイタリア本土へ脱出したいわね』

「同感だ。となると……」

言いかけた時、反響する足音が聞こえた。

『どうしたの？』

「一度切る。港へ向かう」

もう追っ手がきたのか。地下水路への入り口は一つではないし、地元という地の利は向こうにあるという事か。だがまだ距離はある。

「どうするの？」

メアリーが問う。

「島から脱出する」

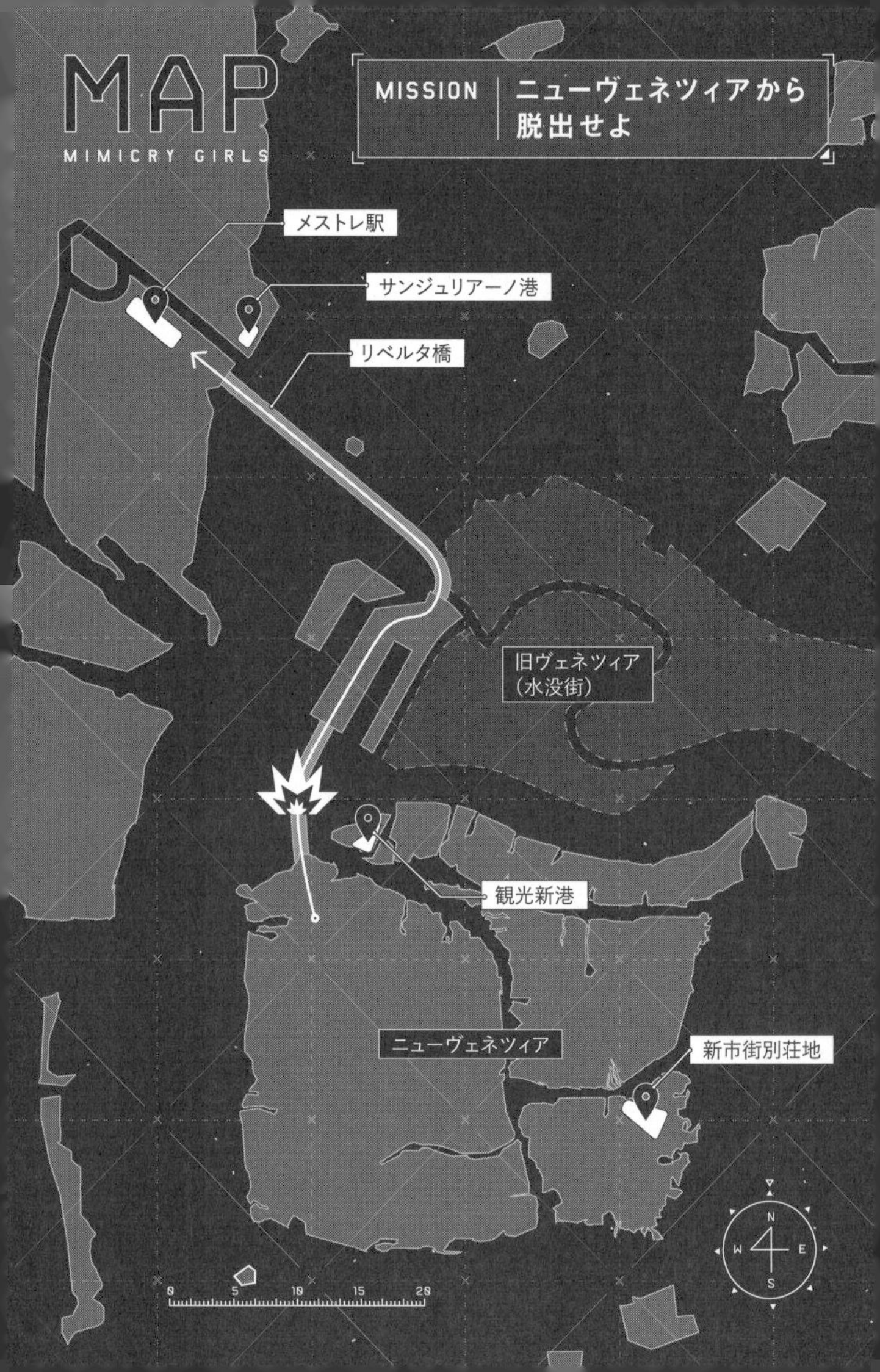
MAP
MIMICRY GIRLS
MISSION
ニューヴェネツィアから
脱出せよ
メストレ駅
サンジュリアーノ港
リベルタ橋
旧ヴェネツィア
（水没街）
観光新港
ニューヴェネツィア
新市街別荘地
0
5
10
15
20
N
E
S
W

【ニューヴェネツィア　観光新港　1005時】

クリスティ達が地下水路を抜けるとそこは観光客が溢《あふ》れる港だった。

作戦前に暗記したニューヴェネツィアの衛星写真の地図を思い出しながら地下水路を歩き、目的の場所に出られたようでクリスティは一先《ひとま》ず安堵《あんど》する。

「この辺りはまだ混乱は起きてないか」

「こんなところに来てどうするつもり？」

「橋が使えなければ船で渡ればいい」

港には本土との往復フェリーや島を一周する遊覧船。ヴェネツィアを代表するゴンドラなどがある。

だが今必要なのはそれらではない。

「あれだ」

指さした先にあるのは桟橋に係留されたマリンスポーツ用の水上バイクだ。

これならば高速で沖を渡ってイタリア本土に脱出できる。完璧な作戦だった。

クリスティは受付カウンターに顔を出す。

「あのボートを借りたい。いくらだ？」

「お嬢ちゃんご両親は？　子供だけじゃ乗れないよ？」

受付のおじさんが当然の事を言った。

「……」

そういえば自分は今子供だった。

「ばかなの？」

「体のせいだ」

この体になってからどうも調子が狂う。

受付を後にして次善の策を考える。

「レイチェルと合流して借りてもらえば問題ない」

無線機を使うため辺りを見回す。

すると黒コートの男と目が合った。先ほどサブマシンガンを撃ってきた奴《やつ》だ。

「あー……と」

男は無表情でこちらに走ってくる。

「くそ！　ターミネーターかよ！」

「なにそれ⁉」

「昔の映画だ！」

メアリーの手を引き桟橋へ走る。

「お嬢ちゃん⁉」

騒ぎになるが仕方ない、水上バイクを無断拝借する。

「二人乗りのやつは……これだ！」

クリスティはイルカの様な形をした水上バイクを選ぶ。

イルカの様な、というか完全にイルカをモチーフにしたデザインだ。

座席は前と後ろ。戦闘機のコクピットの様なハッチがついている。

イルカ型水上バイクといったところか。

これならばもしもの時の防弾性能も見込める。

「早く出しなさい！」

メアリーが後部座席に座り催促をする。

係留ロープを素早く外しハッチを閉める。

「エンジンは――」

「右下のボタン！　乗った事あるから！」

メアリーが教えてくれる。

「よし！　水上ドライブと行くぞ！」

ハンドルはバイクと変わらない。

アクセルを踏むとスクリューが回転し前に進む。

「きゃああ撃ってきてる！」

船体からキン、キンと音がする。

「あの銃じゃ貫通しない！　多分な！」

「多分って何よ！」

「舌噛《か》むぞ！」

アクセルを全開にして湾内からでる。

サブマシンガンの射程外、安全圏だ。

「ハッハー！　仕留めたければブローニング機関銃でも持ってこいってんだ！」

ようやくの脱出。晴れ晴れとした気分だ。

島からの脱出方法が船しかない以上、追っ手が港にいるのは当然だったが何とかそれも躱《かわ》し切った。あとは沖にでて本土に渡るだけだ。

レイチェル達にも無線で一報入れておかなければ。

「ねえ」

「どうした？　船酔いなら我慢してくれ」

「後ろのあれってレジャー客？」

「あん？」

クリスティが後ろを見るとオープントップの水上バイクが三台、こっちに向かってきている様に見える。

「……なるほど」

脱出方法が船しかない以上、追っ手が船を用意するのは当然の事で……。

「何か構えてる気がするんだけど」

水上バイクには二人乗っており、後ろの一人が前の操縦士の肩を借りて何かを構えている。

昔訓練でネイビーシールズが似たような事をやってたなぁ、とクリスティは懐《なつ》かしい過去を思い出す。水上バイクに二人乗りで肩を借りた銃撃方法。

「ガッデム！」

ハンドルを右に切るのと同時に、水面に着弾の水飛沫《みずしぶき》が立つ。

「軽機関銃かっ、7．62㎜ならひとたまりもないぞ！」

「アンタが余計な事言うからっ！」

「関係ない！」

つい子供の様に反論してしまった。

「船に乗りながら撃つ移動目標なんてそうそう当たらん！」

「ホント⁉」

「ああ！」ギィン！

言うと同時にガラスのハッチに弾が掠《かす》った音がした。

「……だろ？　直撃はしてない！」

「ばかぁぁああ！」

冗談を言っている場合ではなく、これでは到底海を渡って本土に逃げるのは不可能だ。

「射線を切らないといつかやられるな」

『クリスティ、旧ヴェネツィア市街じゃ』

電源を入れていた無線機からマーリンの声がする。

「マーリン！　それしかないか！」

沖ではなく旧ヴェネツィア市街へとイルカ型水上バイクを走らせる。

今は住む人のいない半水没した旧ヴェネツィア。元は陸路だった路地も全て水路となっており、遮蔽物にはもってこいだ。

市街地に入ると想像以上に荒廃していた。

元々手入れをしないと塩害が酷《ひど》い地域でもあったが、所々建物が崩れ落ちているのはそれだけが原因ではない。

第三次世界大戦の爪痕。当時ヴェネツィアは近くの軍港と共に爆撃された。

水位上昇の水没と合わせ、世界屈指の観光地は見捨てられた廃墟《はいきょ》となったのだ。

「マーリン！　近くにいるのか⁉」

無線で呼びかける。

『ワシも水上バイクで向かっているところじゃ』

心強い。二人ならばやりようもある。

「撃ってきてるって！」

メアリーが叫ぶ。

「曲がるぞ！　舌噛《か》むから黙ってろ！」

入り組んだ水路を曲がる。直後に壁が機関銃で削られるのがわかる。

市街に入って射線が通らなくなったのは良《い》いが振り切れるかは別だ。

陸の追いかけっことは違い水には船跡が残り、いつまでも追われてしまう。

「マーリン、援護出来るか」

『お主の詳しい位置は？』

「マップ縮尺は５㎞。こちら現在Ｅ３！」

クリスティは口頭で出来る簡易的な位置情報交換手段をとる。

旧ヴェネツィア市街を縦横５㎞の縮尺で表しそれを碁盤目状に切り取る。縦軸をＡからＨ。横軸を１から８で表す事により暫定的な位置を報告する事が出来る。クリスティの言ったＥ３は真ん中からやや左下に位置する事を示す。

『了解じゃ。そのまま東に向かってカナル・グランデを北上せい』

「大運河を⁉　的になるぞ」

カナル・グランデとは、ヴェネツィアを東西に二分するS字形の大運河である。

カーブ部分を除けば遮蔽物などない。

『まあなんとかするぞい』

任せていいものか不安になったが元教官の腕を信じるとする。

「ねえいつまで逃げてるの!?　特殊部隊なら銃で反撃しなさいよ！」

「ハッチ開けると危ないだろ！」

「横からちょっと手を出すとかあるでしょ！」

「ドライブスルーじゃねぇんだぞ!?」

こんな状況で運転しながらの片手撃ちが当たるわけがない。

FDP9の残弾数は二十ほど。牽制《けんせい》射撃でも無駄撃ちは出来ない。

「追っ手はどのあたりだ!?」

本当は頭を下げてろと言いたいが、入り組んだ水路を全速力で運転しているため後ろを見る余裕が無い。

「20ヤードくらい！　街のストーカーみたいな距離！」

「機関銃を持ったストーカーな！　てかヤードか！」

メートルだと18mか。合衆国が十年前にメートル法に切り替えてからヤードなんて久しぶりに聞いた。ゴルフ等をする上流階級では昔ながらのヤード法を好むが、つくづくお姫様という事か。

「次曲がったら頭を下げてろ！」

クリスティは路地を曲がるとアクセルを全開に踏み込む。

壁があれば激突は不可避だが、目の前は都市を二分する大運河だ。

猛スピードのまま遮蔽物のない大運河へ飛び出る。

大運河の荒廃は想像以上だ。橋は落ち建物は崩れ岸辺も水没している。

昔は水上バザーなどがあったのだろうが、今はただの広い運河だ。

「こんなところじゃ十秒も持たないぞ！」

追っ手達も大運河へと出てきた。

「マーリン！」

クリスティは無線に祈るように叫ぶ。

『後ちょっとなのじゃ～』

マーリンののんきな声。周囲にはそれらしき影は見当たらない。

敵の発砲。何発かが船体を掠《かす》める。

「きゃあああ！」

メアリーの悲鳴。もう持たない。

「くそったれ《ファックイット》！」

空に向けて罵声を上げると、空を飛ぶボートが見えた。

否《いな》、それはマーリンが駆る水上バイクだ。

大運河カナル・グランデの最古にして最大級の橋。白い巨象と呼ばれるリアルト橋。今は半分に崩れたその橋を、ジャンプ台代わりにして飛んできたのだ。

マーリンが緑髪をたなびかせＦＤＰ９を構える。

「──死ぬがよい」

おおよそ少女がしてはいけない様なドス黒い笑みを浮かべながら、追っ手の水上バイクに発砲。

空中から、しかもすれ違いざまという一瞬の間に、ニッポンの居合抜きの一閃《いっせん》が如《ごと》く二台の操縦士に命中させた。

操縦士を失った水上バイクは一台が転覆、もう一台が建物に突っ込み大破する。

『すまんの〜。一台逃したのじゃ〜』

マーリンは変わらぬふざけた口調で無線に報告する。

しかしあの一瞬で二台片付けただけでも神業だ。あんな見た目でも世界トップクラスの老兵であると改めて思い知らされた。

あまりの出来事に呆《ほう》けていた残り一台の敵がこちらへの発砲を再開する。

「ちくしょう《シィット》！」

クリスティは大運河から路地裏へ逃げる。

だが形勢は逆転した。

マーリンが後方から挟み撃ちの形にすれば難なく排除してくれるだろう。

「マーリン！　後ろの奴《やつ》をやってくれ」

『んー。さっきのジャンプでスクリュー削れちゃったからスピードでないのじゃ〜』

「なんだって《わっつざふあっく》⁉」

『適当に回って戻ってきて欲しいのじゃ〜』

「言うのは簡単だが……」

だがやるしかない。一対一だ。先ほどまでは複数台に挟まれるのを恐れて限られた方向にしか逃げられなかったが、攪乱《かくらん》する事は出来るはずだ。

「っと、ぎりぎりだな」

船体を掠《かす》らせながら路地を曲がる。

クリスティが水路を小回りするたびに思っていた事だが、このイルカ型水上バイクのヒレの部分が壁に当たりそうで非常に邪魔である。

「無駄なヒレだ」

「何よ、可愛《かわい》いじゃない！」

「こういうのって乗ってる側からは見えないから意味ないんじゃないか」

「雰囲気よ。それに全く無駄ってわけでも、きゃあ！」

強化ガラスにひびが入る。ついに着弾したのだ。

敵の射手も勘を摑《つか》んだのか。銃撃が捉え始めてきている。

「チィ、もっとスピードを」

後ろを見て被害状況を確認する。

「ちょっと！　前、前まえ！」

「あ？　――ッ⁉」

前を見ると壁があった。否、正確には半分水没した橋だ。

水位上昇の影響により、本来ならばくぐれるはずの橋が壁になっているのだ。

「クソッタレが！」

急ブレーキ！　いや、間に合わない！

「ハンドル思いっきり押し込んで！」

「ッ⁉」

メアリーの指示に反射的に従う。

するとイルカ型水上バイクは水中へと潜水した。

「潜ってるぞオイ！」

「そういうレジャーなのよ！」

ヒレが角度を変える事により、前に進む推進力を潜水力に変換させる仕組みだ。

イルカはそのまま水中にある橋を潜《くぐ》り抜《ぬ》ける。水の抵抗でスピードが落ちると潜水を続けられなくなり浮上した。

後ろで衝撃音と、続いて爆発音。

「自滅したか！」

クリスティ達を追っていた敵の水上バイクには当然潜水機能は付いておらず、猛スピードのまま水没した橋に激突し爆散した。

「どう？　イルカも役に立つでしょ？」

「もっと早く言って欲しかったがな」

ともあれ危機は脱出した。

今のクリスティ達の位置は旧ヴェネツィア市街の北西。

ここから西へ抜けて海を少し渡ればイタリア本土だ。

「マーリン、追っ手は始末した。これで全部だな」

『今のところはもういなさそうじゃの〜』

これで心置きなく海を渡って本土に行ける。

『レイチェルよ。聞こえる？』

「レイチェルか」

マーリンと別行動しているとは思っていたが、どこに行っていたのか。

『無線で状況は把握しているわ。こっちも現地警察との話がついたところ。援軍も到着したしこのままイタリア本土のサンジュリアーノ港に向かってくれれば安全に回収出来るわ』

なるほど。本土側でのセーフティエリアを確保してくれていたのか。これでようやく一息つけそうだ。

「了解した。これから向かう」

『行くなら急いだ方がいいのう。おかわりの予感がするぞい』

「ああ？」

旧ヴェネツィアの廃墟《はいきょ》にエンジン音が響く。まだ距離は近くないようだが、新手である事は間違いない。

「次から次へと……！」

『とにかくこっちに向かってくれればなんとかするわ！』

「くそ、信じてるぜ！」

フルスロットルで水路から飛び出し沖へ出る。

「追っ手が見えたら言ってくれ！」

後部座席のメアリーへ指示をだす。

射程外まで離れられれば、遮蔽物の無い沖でも安全だ。

「まだ見えない！」

「いいぞ」

左右にも追っ手らしき船はない。

このまま距離を稼げば逃げ切れる。

「見えた！　多分三台！」

来たか。この距離で台数までわかるとは目が良《い》い。

「ここまで距離があれば……！」

互いの水上バイクにそれほどスピードの差はない。既に1㎞近く離れている。ここまで離れていると水上で銃撃が当たる可能性は限りなく低く、仮に当たったとしても弾の威力が下がっているため貫通には至らないだろう。

つまり、

「俺達の逃げ勝ちだ……！」

クリスティが確信して呟《つぶや》いた瞬間、ばきん。と何かが剝がれ飛んだ音がした。

「………」

クリスティは無言で左を見る。

イルカのヒレが片方喪失しているのを確認。

そのまま顔を正面に戻す。

「……例えば飛行機で、急に片方の羽がもげたらどうなるだろうな」

神妙な顔で問い掛けるクリスティにメアリーが悟った様に答える。

「まあ、横方向にフラットスピンするでしょうね」

その答え合わせは一秒と待たずに現実として襲い掛かった。

「ふぁぁぁぁぁぁあっく!!」

「いやぁぁぁぁぁぁあああ!!」

二名の少女の悲鳴が上がる。それが遊園地でのジェットコースターや、回り過ぎたコーヒーカップから起きた声ならばどれほど微笑《ほほえ》ましかっただろうか。

時速１００㎞近いスピードからの急激なスピン。三半規管を機能不全にするのは一瞬だった。

「くそくそくそ！　整備不良かこのポンコツ！」

「あんたの操縦が乱暴なのがいけないんでしょ！」

「マシンガンで撃たれながらお行儀よく法定速度を守りましょうってか！」

「いいから早くこれを止めなさいよ！」

アクセルを離すと自然と減速し、やがて静止した。

「はぁはぁ……うぷ、死ぬかと思ったわよ……」

「俺はこれから死ぬかもと思っているけどな」

停止すれば必然、敵のバイクが追い付いてくる事になる。

彼我の距離は700mといったところか。

クリスティは頭の中で今後の対処をめまぐるしく想定する。

撃たれていない事に鑑《かんが》みるに敵は生け捕りにしようという魂胆か。敵は同じ金髪である自分とメアリーの姿を判別してはいない。投降するふりをして接近時にFDP9で一掃。それがベストだが三台に六名といった敵が都合良くやられてくれるか。それぞれ距離を取るだろうし、そもそもメアリーの安全も考慮に入れると……。

「ッ……」

あと500m。やるしかない。クリスティは覚悟を決めてメアリーに声を掛けようとする。

すると追っ手のうち一番突出した一台が突如爆発した。

「な、なんだ……？」

【イタリア　旧サンジュリアーノ軍港　廃灯台　1020時】

「初弾命中。次の目標を請う」

打ち捨てられた廃灯台の上。ボルトアクションライフルのコッキングを済まし、スナイパーマットに寝そべった銀髪の少女が言う。

その髪色と褐色の肌との対比で少女の外見ながらも、中東の峻厳《しゅんげん》な戦士の雰囲気を思わせる。

「わあ、この距離で本当に、凄《すご》いですね……」

その隣、黒髪の少女が感嘆の声を上げる。左右の瞳がブルーとグリーンのオッドアイといった特徴を除けば、気弱な普通の少女といった印象がぬぐえない。

「次の目標を」

銀髪褐色の少女が顰《しか》め面《つら》で催促する。

「あわわ、すみません！」

慌てながらも黒髪オッドアイの少女は三脚で立てたスポット用の単眼鏡を覗《のぞ》きこみ、コードで繋《つな》がった手元の端末を淀《よど》みなく操作する。コードはさらに狙撃銃のスコープに繋《つな》がっている。

「ラプラスシステム再計算完了。データ送ります。目標は左の一台。距離１９００ｍ」

「了解」

銀髪褐色の少女はスコープを覗《のぞ》く。

使用する銃はＸＭ２０３０。２０００年代初頭から合衆国陸軍に正式採用されているレミントンＭ２０１０の後継として作られた銃だ。

軽量性とメンテナンス性を重視した開発コンセプトとは相反するように、今はスコープ周りにはゴテゴテとした装置が付いている。

弾道の落下や風、自転によるコリオリの力……、それらの影響を複雑な計算式で瞬時に導き出し、不透明な部分は経験で補い、後は運を天に託すのが狙撃手——であった。今までは。

「データ受信。こちらのタイミングで射撃する」

スコープが微振動する。

ルーシーが再計算した環境データがスコープに送られ自動でゼロイン調整を済ませた合図だ。

標的は1900m先の海上を時速100㎞近くで走る水上バイク。通常なら狙撃不可能と判断される状況だ。

ガシュンッ！　と空気を強引に裂いた様な音が響く。

通常であれば8．58㎜のラプアマグナム弾等が使用される大口径であるが、黒髪の少女の改造によりマガジンには高速徹甲榴弾《りゅうだん》が装填されている。

着弾——。そして約二秒後に標的の水上バイクが爆発した。

「命中。次弾装塡。データを求む」

少女の手がコッキングレバーを引き薬莢《やっきょう》が排出される。

「じゅ、準備済みです！　送信します」

スポッターの黒髪少女からの報告。

銀髪褐色の少女が再びスコープを覗《のぞ》く。そこには最後の敵水上バイクの姿と、その少し前方に半透明になった同水上バイクが映し出されている。

この半透明に映し出された水上バイクは、計算によって算出されたバイクの未来の姿である。

「敵が回避運動を開始！　未来予測図が分化します！」

スコープに映る半透明の影が四つになる。

黒髪少女が開発した《ラプラスシステム》。その正体は膨大な環境データから対象のその後に起こりうる状態を算出、最大十二秒先まで予測させる、文字通り『未来を狙撃する』ための狙撃支援ソフトウェアだ。

そんな夢の様なシステムでも、パニック状態の人間のハンドル捌《さば》きは予測しきれない。

「対象が直進行動をとってから再測定します」

「問題ない。こういう時の為《ため》に引き金は人が引く……」

【イタリア沖　クリスティ　1022時】

クリスティは三台目の敵水上バイクが爆発するのを確認した。

一台目は敵のエンジントラブルか何かかと思ったが、二台目も同じ爆発をしてそれが何らかの攻撃によるものだと確信した。そして三台目の仕留められ方を見た時、まさか狙撃じゃないだろうな、と我が目を疑った。

「何が起こったの……？」

共に見ていたメアリーが茫然《ぼうぜん》と問いかける。

「味方の援護だ。おそらくな」

この作戦に従事しているという事は同じニューデルタフォースだろうか。

超長距離で移動標的に着弾させるとは、相当の凄腕《すごうで》だ。

「とにかく一難去ったのね」

「そういう事だ。後は回収されるのを待とう」

イルカの舵《かじ》が利《き》かない今は動くことが出来ない。味方の援護があったという事は、今頃なんらかの回収部隊が出動しているはずだ。

「本当、最悪なエスコートだったわ」

「悪かったな」

マーリンと謎の味方のお陰で無事に敵を捌《さば》けたから良《い》いものの、スマートな護衛とは決して言えないだろう。

「けどまあ、一応褒めてあげてもいいわよ。無様だったけど一応ね！」

思いがけない言葉に振り向くと、メアリーは顔を見られぬよう背けていた。

「……おーらい」

舌足らずな返事をして、今回はこれで良かったと思う事にした。

Scene 3

旅立ち

EPISODE

Departure

MIMICRY GIRLS

Novel: Hitaki
Illustration: Asanaya

The year is 2041. It has been several years since the development of artificial body technology, commonly known as "mimicry"

【ヨットハーバー　サンジュリアーノ港　1050時】

回収に来たのはクルーザー船に乗ったレイチェルだった。

先の戦闘の爆発でイタリア海上警察が出動しているようだ。

クリスティはマーリンと共に回収され、サンジュリアーノ港に到着した。

「無事だったようで何よりよ」

「あんたもな、サービスレディ」

陸地に揚がり改めてレイチェルと対面する。

いつものタイトスーツにインテリ眼鏡。怪我《けが》どころか汚れ一つなさそうだ。

「メアリー。無事で良かったわ」

「はん、私が死んだらあんたの首が飛ぶからでしょ」

「一応小さな子供は守ろうという良心はあるのだけれど……」

「どうだか」

メアリーは顔を背けてそれ以上の会話を遮断する。

「よっぽど大変な目に遭ったようね」

「死ぬほどヘビーだった。ここは安全なのか？」

「ひとまずはね。さっきまで暴れていたマフィア達は流石《さすが》に羽目を外しすぎたわね。地元警察の強制執行で今頃本家の方が大騒ぎでしょうね」

橋の爆破に街中での銃撃騒ぎ、功を焦《あせ》ったがゆえの暴走が首を絞めたという事か。

「それに増援も合流したし一安心ね」

「やはりあの狙撃はそうだったか。礼を言いたいがどこにいるんだ」

「さて、どこにいるでしょう」

レイチェルが悪戯《いたずら》じみた笑みを浮かべる。

「？」

クリスティは訝《いぶか》しみながらも周囲を見回す。

このヨットハーバーにはクリスティ達以外にも金持ち達の船が多く泊まっている。ガタイの良《い》い日焼けした男。じゃらじゃらとアクセサリーを着けた軟派な男。資産家らしい恰幅《かっぷく》の良《い》い男。ぱっと見ると一般人だが疑おうとすればいくらでも疑える。

「マーリン見つけちゃったのじゃ。あのベンチの二人じゃろう？」

「へえ！　よくわかったわね」

「あん？」

海沿いのベンチに視線を向けると二人の少女が立ち上がり近づいてくる。

一人はロングポニーの銀髪と褐色肌の少女。

一人はショートの黒髪とオッドアイの少女。

「まさかあの二人もアレなのか」

外なので言葉を濁すが、つまり人工素体《ミミック》の様だ。

「正解。気付かないものでしょう」

わざわざそれをテストするためにあの二人を座らせていたのだろうか。

確かにクリスティは気付くことが出来なかったが、なんだか嵌《は》められた気分だ。

「この二人が新たに加わるチームメイトよ。あなた達の事はすでに伝えてあるわ」

「ガブリエル・ムーア曹長。コードネームはジブリール。兵科は狙撃兵」

銀髪褐色の少女が名乗る。

必要最低限の名乗りと静謐《せいひつ》な佇《たたず》まいは、少女の外見と裏腹に、熟練のスナイパーを体現したかの様だ。耳に着けたカフスも、ファッションというよりは儀礼的な雰囲気を思わせる。

「先ほどの狙撃はお前か、良《い》い腕だな助かった。隊長のクリスティだ」

クリスティが手を差し出す。

ジブリールはクリスティの顔をじっくり三秒ほど見つめてから握手に応じた。

「る、ルシアノ・セネカ技術少尉です、でありますっ。ぁ、少女名はルーシーです！」

黒髪オッドアイの少女がたどたどしく名乗る。

「技術少尉？　正規隊員なのか？」

クリスティが疑問を投げかける。

ニューデルタフォースの入隊資格は士官ならば大尉以上。下士官ならば二等軍曹以上だ。

バイオティック手術を受ける際、特例的に階級の引き上げがあるが（クリスティはこれで中尉から大尉になった）、技術少尉の隊員など聞いた事がない。

そもそも、こんな気弱そうな者が入隊資格である地獄のレンジャー訓練を修了しているとも思えない。

「えと、あの、私は元々人工素体《ミミック》の研究者で、研究者といっても助手で、今回はそ、その、まだ長時間の単独運用実績の少ないL型素体のメンテナンスや技術面でのサポートで、あ！　L型素体というのは自分や皆さんの様なそのロリータタイプの素体で世界で唯一の……」

「オーケーわかった。とりあえず声を下げろ。誰かが聞いていないとも限らない」

「す、すみません……」

少々不安が残るが大丈夫なのだろうか。

「これでひとまずは揃《そろ》ったわね」

クリスティ、マーリン、ジブリール、ルーシー。この四人でスクワッドを組んでメアリーを護衛するのだ。

「四人分隊か……。他のシークレットサービスは？」

「直接護衛の人数を増やしてもカモフラージュ発覚のリスクが増えるだけだから、さっきの事後処理と後方待機に回ってもらっているわ」

軍人や訓練された人間の動きは見る者が見ればすぐにわかる。それが大人数固まっていればなおさらだ。今回の作戦ならばシークレットサービスの数は必要ない。

「ところで二人が持っているそれは武器なのかの～？」

マーリンがジブリールとルーシーを見て言う。

ルーシーは旅行者風《バックパッカー》の大きなリュックサックを、ジブリールは縦長の楽器ケースを背負っている。ジブリールが狙撃兵というのならば、その中には分解されたスナイパーライフルが収納されていてもおかしくない。

その問いに答えたのはレイチェルだ。

「そう。旅行者を装《よそお》いつつ装備も運べる。差し詰め現代のＡＬＩＣＥパックね」

ＡＬＩＣＥパックとはAll-purpose Lightweight Individual Carrying Equipment.の略で、昔の戦争映画で兵士がよく背負っているバックパックの事だ。現代では長時間行軍など殆《ほとん》どないので背負わなくなって久しい。

「さっきは渡しそびれたけどあなた達の分もあるわよ」

クリスティはピンクのリュックサックを手渡された。それがレイチェルの足元にあった事は上陸した時から気づいていたが、出来れば背負うのは避けたかった色だ。

「こんな小さな姿で背負うと、まさしく不思議の国のアリスだな」

あの児童小説でアリスはリュックなど背負っていなかったが、ベトナム戦争で兵士達はアリスパックを背負った時、不思議議の国《ゲリラ地帯》に行くというジョークを交わしたという。

リュックサックの中身を確かめる。

「替えのシャツ、下着、歯ブラシ、タオル、サバイバルキット、ファーストエイドパック、レーションセット、マテバのリボルビングショットガン、グロック66S小型拳銃、弾薬各種。結構な旅行セットだな」

ショットガンは銃身が短く切り詰められたソードオフタイプだ。マテバ社はイタリアのリボルバー拳銃のメーカーだが、そのノウハウを生かしてショットガンに回転式弾倉《リボルビング》を融合させた。装弾数はマガジン式に劣り、取り回しも若干かさ張るが発射する弾の種類を瞬時に切り替えられるメリットがある。

元はハンティング用だ。鹿用の通常散弾と鳥用のバードショットなどを使い分ける。

「ピーキーな武器だな」

「潜入任務で正式採用は使えないからのう」

傍《かたわ》らのマーリンが言う。

特殊部隊が他国で活動する時は、基本的に自軍の正式な武器は使わない。万が一装備をロストした場合にそれが証拠となりマズイ事になるからだ。

「コソコソとするのは好きじゃないがな」

言いながらクリスティはオーストリア製のグロック66Sをパーカー内のホルスターに仕舞う。軽いポリマーフレームを使い、子供の手にも握れる小型拳銃なので携帯に不便はない。一つのマガジンに段違いの二列で弾が入っているダブルカラムマガジンを採用しており、このコンパクトさで9㎜パラベラム弾が十五発も装塡出来る。

とっさのバックアップには申し分ない銃だ。

「良《い》い銃じゃのう。……ワシは45口径の方が好きだがの」

銃を見たマーリンが老兵の目つきで言う。この老兵はガンマニアでもあった。

「老人の45口径信仰は根強いな」

昔の合衆国人は、装塡数よりも敵を止められるストッピングパワーを好んだ。それは一八九〇年代の米西戦争時代、小口径弾では蛮勇な現地民族の突撃を止められなかった事に起因する。

「それぞれに合った武器が入っているわ。マーリンのはちゃんと45口径よ」

「わーい！　やったのじゃ～！」

クリスマスプレゼントを貰《もら》った子供の様にはしゃぐ。

それぞれ荷物を受け取り装着する。これでガールズピクニック一団の出来上がりだ。

ピクニック団を見たレイチェルは満足そうに頷《うなず》く。

「さて。いつまでも留まってられないから、歩きながら話しましょうか」

港に隣接するサンジュリアーノ公園を行く。周囲が開けていて聞き耳の心配はない。顔写真も出回ってはいない様だが、念を入れてメアリーはレイチェルに渡された白いつば広帽でそれとなく顔を隠している。

「場所を特定されていたさっきと違って、このカモフラージュがある限りそうそう襲撃は無いと思うわ」

「そうだと信じたいな」

　このカモフラージュを確保するためにわざわざ少女の素体になったのだ。

「で、また車か何かでアヴィアーノ空軍基地に向かうのか？」

　当初の予定ではそこから合衆国までひとっ飛びだった。

「それが行けなくなったのよ」

「？」

「あ、わ、私が説明しますねっ」

　意外にも声をあげたのは気弱そうに見えるルーシーだった。

「バル・ベルデのフォーラムに今回の件のトピックがあるんですけど、そこではアヴィアーノ基地から脱出するんじゃないかって話題が今ホットなんです。まあこの辺りで合衆国軍がいる基地はそこしかないですからね。ちなみにこれを書き込んでいるのはおそらく現場に来る気もない野次馬達の推測でしょうね。どこにでもいるんですよね、こういう安全なところから口だけ出す人達。死ねばいいのに。本当に懸賞金を狙うなら情報を公にせず自分達だけで襲撃したいでしょうし。でも私達がアヴィアーノ基地を使うしかないのは事実なので、この情報の拡散はかなりの痛手になりますね」

先ほどまでのおどおどした感じに反して流れる様に喋《しゃべ》るルーシー。得意分野だと饒舌《じょうぜつ》になるタイプか。というか若干不穏な言葉も聞こえたが……。

クリスティが圧倒されているとルーシーは自分が饒舌《じょうぜつ》に語っていた事に気付き赤面する。

「ご、ごめんなさい！　私なんかがでしゃばって……」

「いや、状況は把握した。ありがとな」

そんな情報が出回っている中、アヴィアーノ空軍基地にのこのこ向かえば襲ってくださいと言っているようなものだ。基地はイタリア北部の郊外にあり、道は限られている。待ち伏せるにはもってこいだ。

いっそ民間の旅客機で普通に帰るか？　だが付近の空港は押さえられているだろうし、顔が割れていないとはいえ警備上のリスクがありすぎる。

「一度この地域から離れて航空機に乗るのがベターか」

この付近で網が張られているのであれば、全く関係のないところに移動しそこから飛行機なり船に乗れば良い。そこに合衆国軍の基地があればなお良しだ。

「それに関して、想定していたうちの一つのプランがあるわ」

「というと？」

「フランスのコンカルノー在欧合衆国軍基地に行くの。そこから大西洋に待機している空母バラック・オバマに移動して帰還させる」

コンカルノーはフランスの西端。大西洋に向けたくちばしの先の部分にある、中世につくられた沿岸要塞都市だ。昔は歴史的な観光地として賑《にぎ》わっていた。

第三次世界大戦時、欧州派兵の戦略拠点として合衆国軍が航空基地をつくり、そのまま在欧米軍基地として使用している。合衆国の横暴の一つだ。

「大陸一つ反対側か」

「空路と海路が危険な以上、残るは陸路ね。フランスなんて特急列車で一晩よ。差し当たってはチケットの確保ね」

「当日にチケットが取れるのか？」

「その為《ため》にネット購入じゃなくて直接お話しするんじゃない」

「お話ね……」

「ねえ」

駅に向かおうとした矢先に不機嫌な声が掛かる。

「お腹《なか》、すいたんだけど」

声の主はメアリーだ。

「車内でルームサービスを取るから、それまで我慢出来る？」

レイチェルがあやすように問い掛ける。

「朝から何も食べてないんだけど？　列車のチケットなんてゾロゾロ行くものでもないでしょ。私あそこのスイーツカフェで待ってるから」

指さした先には子供が喜びそうなカラフルな店構えのカフェがあった。まさかあれを見て衝動的に入りたいと思ったわけではないだろうな。

お姫様の我儘《わがまま》にレイチェルはしばし考えるそぶりをする。

「確かに大勢で行っても目を引くだけけね。チケットは私が確保するからあなた達はメアリーと一緒にカフェで時間を潰しててくれるかしら」

「わーいお茶会だー！」

「や、やっと一息つけますね」

「……」

マーリンとルーシーは喜んでいるようで、ジブリールは相変わらず寡黙だった。

「じゃ、知らない人について行っちゃだめよ」

「ガキじゃねえんだから。……まあ姿はそうだが」

なんにせよ警戒は解けない。バル・ベルデの懸賞金によって誰もが敵になりうる状況。ここはいわば敵地なのだ。

「そういや一ついいか。敵がバル・ベルデというのはよく分かったが、そもそも賞金を懸けた奴《やつ》の名前はなんていうんだ。ハンドルネームぐらいあるだろう」

「ええ、いわばそいつが元凶って事ね。名前は確か――マイセルフ」

「マイセルフ……」

言うなれば自分自身《マイセルフ》。匿名掲示板らしい意味深な名前だなとクリスティは思った。

【イタリア　トリノ通り　カフェ《リベッチオ》　1105時】

スイーツカフェ《リベッチオ》。クリスティ達が入った店の名前だ。

入場料制のスイーツ食べ放題カフェ。入り口で電子マネーをかざし入場する。

電子マネーは生体認証式リストバンドで支払う。これは国民ＩＤと紐付《ひもづ》く本人にしか使えない。もちろん合衆国軍御用達《ごようたし》の偽造ＩＤだ。請求はいくつもあるダミー口座へいく。

店内はカーニバルだかクリスマスだかハロウィンだかをミキサーにかけてファンシーで装飾した雰囲気だ。客層は観光客の親子連れや少女が多い。

クリスティ達が浮く事もないだろう。席は全て防音性のある半個室となっている。

「ここでいいか」

一番奥まった角の席を提案する。

「はあ？　窓際《まどぎわ》じゃないとせっかくのイタリアの街並みが見えないじゃない」

メアリーが文句をたれる。

「自分の立場を考えようぜ……」

仮に護衛任務でなくても特殊部隊員であるクリスティは窓際《まどぎわ》の席になど座りたくない。

クリスティは席に着くとテーブルの下を探る。

「チェックかの～？」

マーリンが聞く。チェック、つまりは盗聴器の類がないかを調べていた。

バル・ベルデの連中がこんな所に網を張るわけがないが、こういう半個室の席では口が軽くなるので別の犯罪目的で盗聴器が仕掛けられる事がある。あるいは、少女達の会話を盗聴して興奮する変態野郎がいないとも限らない。考えすぎだが念を入れて損はない。

「た、多分大丈夫だと思いま……す」

ルーシーがおずおずと意見を述べる。

「なぜわかる？」

ジブリールがルーシーに問う。

「そういう波が出てないので」

「波？」

クリスティも首を傾《かし》げる。

「あ、その、私はこうやると電波が見えるんです」

ルーシーは眼鏡を外してブルーとグリーンのオッドアイの片目を閉じ、ブルーだけにする。

「見えるって言っても空間にもやもや～って波があるだけで、そこからネットやケータイの電波を除外していった結果ですね……そういったのはないかなーって思いまして……」

語尾が消え入りそうな声で言うルーシーを見て、クリスティはただ感心していた。

「そのオッドアイってただのコスプレ的な趣味じゃなかったんだな」

「じ、実用性です！」

「どうでもいいから早く食べたいんだけど、ウェイトレスとか来ないの」

メアリーが不機嫌な表情を浮かべる。

「メアリーちゃんこういうお店初めてかの～？」

マーリンが反応する。

「最近は高級店とかじゃないと接客の店員とかいないからのぅ。ここで注文するとウェイタードローンが持ってきてくれるのじゃ～」

テーブルを指で叩《たた》くとメニュー表のホログラムが映し出される。

「お薦めは～せっかくのイタリア店なら王道にジェラートとビスコッティじゃな。ミルクジェラートとエスプレッソのアフォガードとか良《い》いかもじゃ～。ジャンクなのが良《い》いならハニーシュガーケーキとフライドバターも忘れちゃ駄目じゃの～。チョコソースやクリーム、シナモンシュガーとかのトッピングはここのボタンじゃ」

「いや詳しすぎだろジジイ」

最初は箱入り娘のメアリーに対する大衆カフェの説明かと思ったが、メニューの見方が常連のそれだ。というか世界的チェーン店だったのかとクリスティは思った。

「常連ならマーリンが適当に選んでくれ。飲み物は無糖のアイスコーヒーがあればいい」

「ほいほい。他の皆は～？」

「自分は炭酸抜きのミネラルウォーターで」

特に好みのないジブリール。

「わ、私はコーラでお願いします。シュガー入りの方で」

ルーシーは一番ポピュラーなもの。

「……オレンジジュース」

最後にメアリーが渋々言う。子供らしいと思われるのが嫌なのだろう。

「じゃあマーリンはトリプルカラークリームキャラメルチョコシェイク全トッピング～」

「この店で食ったものを吐いた後みたいな飲み物だな……」

クリスティはちらりとメニュー表を見て、素の状態で二千キロカロリーあるのを見間違いだと思うことにした。

程なくして飲み物とスイーツがウェイターロボで運ばれてくる。イタリアの王道菓子から始まりフランスの細工菓子やジャパンの和菓子。どこの国かわからない菓子まで、どれだけ頼んだのかテーブルが埋め尽くされる程だ。甘い物が苦手なクリスティとしては辟易《へきえき》するしかない。

「あまいのじゃ〜！」

マーリンが一口目を食べ歓声をあげる。

その様子を見てメアリーがおずおずとスイーツに手を伸ばす。

「ん……んく。はむっ、んっ、んぐ」

ジェラートを一口食べると、一瞬目を見開いてから掻《か》き込む様に残りを食べ、他のスイーツに取り掛かる。

「お姫さんのお気に召したようだな」

「ッ、……まあまあね。食べられなくはないわ」

澄ましたように言うが、手に持ったスプーンは止まらない。

「とっても美味《おい》しいですね〜」

ルーシーもスイーツにご満悦のようだ。

「しかしよくこんな甘い物だけを食べられるな」

「同感です」

クリスティの言葉にジブリールが同意する。そういえばジブリールは自分にだけ畏《かしこ》まった口調で話すなとクリスティは思った。隊長に対する口調としては間違いではなく、むしろこれが普通で他のメンツがおかしいのだが。

「クリスティちゃんは甘い物嫌いなのじゃ～？」

おかしい筆頭のマーリンが聞いてくる。

「食べられなくはない。むしろ昔は好きだったが、戦争中に野戦病院でアイスクリームを食べすぎてな」

「あ、精神安定剤としてですよね。でもそれで嫌いになるんですか？　アイスクリームは士気向上食の人気トップと聞いてますが……」

ルーシーが疑問を挟む。

「右手と両足を切断された状態で、カテーテルで毎日口に流し込まれればな……」

野戦病院なんて苦痛に苛《さいな》まれる負傷者ばかりだ。痛みで叫ぶ事とアイスを掛けてI screamなんてジョークを言った奴《やつ》もいた。

「なるほど……好きな食べ物でも苦痛と共に摂取すればイメージが引っ張られるんですね」

「分析的だな。そういやルーシーは素体の研究者でもあったか」

「兵士のメンタルケアとして食事は重要ですから。あ、ちなみに私達のL型素体も食事に課題がありまして。消化器官が幼いというか短いので過度の肉食や生食をするとお腹《なか》を壊してしまうんです。でも体の成長は止まっていますから修復以外でのタンパク質は必要ないんですけどね。そもそも修復も自然治癒よりラボで張り替え《コンバート》した方が早いですし。そうすると重要な栄養素は体を動かすエネルギー源の炭水化物と脂質。脳を動かす糖分となりますが、そういった意味ではこのケーキをはじめとしたスイーツ類はL型素体の理想的な食事ですね。ですが隊長の様に苦手な食べ物による精神面の影響を考えると食事が偏るのは良くないと……」

「本当に自分の分野だと饒舌《じょうぜつ》に話すな」

「あ、あぅ。すみません」

「いや、いいさ。しかし精神面の事を考えてくれるなら、少女じゃなくて少年のボディには出来なかったのか。今回の任務も兄妹《きょうだい》と偽装する事も出来るだろうに」

性別が違う素体になるというのは精神に大きな負荷を掛ける。クリスティも少年の素体ならばまだ前向きに任務に当たれただろう。

「え、ペニスって無駄じゃありません？」

ルーシーが怪訝《けげん》な顔をして言う。

「だってあれ内臓が外に出てるようなものですよ？　弱点丸出しで欠陥構造だと思います。そんな物を付ける為《ため》に手術のコストと手間を掛けるなら少女素体の方が理に適《かな》っています。子宮は元から作って無いので生理の心配もありませんし、少女の素体の方が優れています！」

「お、おう」

ルーシーの熱弁に押されクリスティは少なくなったアイスコーヒーを飲み干す。

「でも少女素体も一つだけ欠点があります」

「それは？」

「トイレが近いのでアイスコーヒーを一気に飲むとおしっこに行きたくなる事ですね」

「なるほど……」

それは確かに欠点だ。クリスティは下腹部に貯水感を覚える。

「いっそ排泄《はいせつ》機能もコントロール出来るようにして欲しいが」

排泄《はいせつ》のコントロールは軍の重要課題だ。行軍食には意図的に便秘にさせる薬が入っている物もある。水分もゼリー状のものにして尿の回数を減らすなど、工夫はされているが根本的な解決には至っていない。人工素体《ミミック》ならばその辺りも強引にクリア出来そうなものだが……。

「排泄《はいせつ》の様な生理現象は人間性の担保でもありますから」

「人間性の担保？」

「脳と脊髄を取り出すバイオティック手術は、究極的には機械の体に繋《つな》げたり、人間離れした体に繋《つな》げたりする事も出来ます。ですがそれは人間と言えるでしょうか？　食事や排泄《はいせつ》といった行為を残す事により、私達人工素体《ミミック》は人間性を保っているんです」

確かに、自分が食事や排泄《はいせつ》をしないロボットの体だったら、今とは比べものにならない精神負荷が掛かっているだろう。そこがバイオティック兵運用の倫理のボーダーラインという事か。

と、神妙な事を考えても今はこの尿意をどうにかするしかない。

「……トイレに行ってくる」

「――男子トイレ……はマズイよな」

クリスティはトイレの入り口で十秒ほど悩んだあと、女子トイレへ入る。

幸い先客はいなかった。トイレの内装は一面花畑の映像がウォールスクリーンに投影されており、芳香剤のフローラルな香りが漂ってきた。

「頭が痛くなりそうだ……」

個室に入るとさらに驚かされる。

「なん……だと……」

個室の壁もスクリーンになっており高原の花畑が映し出されている。寝室やリラックスルームならともかく、ここはトイレだ。視覚的には遮る物が何もない花畑のど真ん中でトイレをする事になる。

これは何かの羞恥プレイかと一瞬トイレをやめたくなる。しかし排泄《はいせつ》のコントロールは軍人の基本。出せる時に出しておく。尿意を持ったまま任務を続ければヒューマンエラーの確率は上がるだろう。

それにこれはルーシーが言うところの人間性の担保の為《ため》なのだ。そう、あくまで作戦の成功率と精神衛生の為《ため》だ。そう思ってスカートをたくし上げ脇に挟み、パンツに手を掛ける。

「……ふぁっく」

顔を赤らめ、羞恥心に震えながら花畑の中でパンツを下ろす。

そうすると色々な疑問が発生する。座る位置はここでいいのだろうか。尿が上向いたりしないのか。何とは言わないがする時に広げた方がいいのか。そもそもどうやったら出るのか。

クリスティにとって全てが謎だったが、何も手を出さないで自然のままに任せようと思った。

やがて本能に任せるままに下腹部を意識すると、ちろちろと薄黄色の液体が下に放物線を描きだした。軌道は逸《そ》れていない。

「よしっ」

上手《うま》くやれていると確信し小さくガッツポーズをする。と同時に自分は何をやっているんだと思い猛烈に死にたくなった。

花畑の中、少女の姿で放尿をして喜ぶ自分。

「…………」

後五秒長く尿を出していたら、ホルスターからグロック66Sを取り出してこめかみに当てていただろうと思った。本当に思った。

「これは……拭くのか……？」

生死を分けた放尿の後に、自分の股に僅かに滴《したた》る液体を見てクリスティは疑問を呈する。

男の放尿の場合トイレットペーパーで拭く事はない。立ちションベンをして振って終わりだ。

しかしこの場合、そのまま白いパンツを穿《は》けば確実に黄色い染《し》みが残り、それは衛生的ではない。かぶれでもしたら痒《かゆ》さで任務の集中力を欠いてしまう。

つまり拭くのだ。

クリスティはもはや真顔でトイレットペーパーを巻き取り、その場所を拭き始める。自分の情けない姿に込み上げるものを抑えきれなくなる。

「うっ……ぐすっ……」

その日少女の姿をした特殊部隊員は、花畑の真ん中で涙を流した。


クリスティが傷心のままテーブルに戻ると剣呑《けんのん》な雰囲気が漂っていた。

「何かあったのか」

互いに目を合わせないジブリールとメアリー。

あうあう言っているルーシー。

スイーツを美味《おい》しそうに食べるマーリン。

クリスティは大体の事情を察しマーリンに目で説明を求める。

「んー。争いとは価値観の相違から生じるものなんじゃの〜って」

「何を当たり前の事を……」

「じゃあマーリン劇場で再現してみると〜」

マーリンが数度咳払《せきばら》いをする。

「これ程の量の菓子、弟達に食べさせたかった」

ジブリールの声色や表情を無駄に細かく真似《まね》した。

「ジ、ジブリールさんって弟妹《きょうだい》とかいらっしゃるんですか？」

今度はおどおどした口調でルーシーを真似《まね》ているらしい。

「血は繋《つな》がってない……」

そうして口数の少ないジブリールにしては珍しく身の上を語ったという。

元々は中東からの移民で小さい頃はスラム街に暮らしていたらしい。十二歳の時に両親はスラム街の抗争に巻き込まれ死亡。その後孤児院に入り十七歳になって海兵隊に志願し今に至る。

孤児院でジブリールが学んだ事は人の命には値段の違いがあるという事だ。

孤児院の子供は通常、里親が現れ養子縁組をする事で新たな家族のもとへ行く。その方が孤児院側も金銭的負担が少なく、子供にとっても将来の可能性が拓《ひら》ける。

だがそこにはもちろん、里親達に人気な子とそうでない子がいる。里親は仲介のエージェントに金を支払い希望する子供を探す。それこそメアリーの様な美少女ならば仲介料は二万ドルを下らない。

孤児院を人身売買だと非難する人権団体もいるが、需要と供給の問題なのだ。孤児院は経営の為《ため》の資金を得る。里親は好みの子供を得る。子供は裕福な家を得る。そういう事だった。

不幸だったのは、ジブリールの孤児院には地域的にあまり人気の無い子供達が多かった事だ。

孤児院はいつも経営難。三食満足に食べられない日も多い。それでもジブリールは孤児院に感謝していた。スラム街で夜の銃声に身を強張《こわば》らせる事もなく、兄弟姉妹の賑《にぎ》やかな声を聞きながら本を読むのが好きだった。

ジブリールは今も給料の殆《ほとん》どを孤児院に寄付しているらしい。

「そんなジブリールちゃんの感動的な苦労話を聞いた後にメアリーちゃんが」

マーリンが髪を払いのけ、素っ気ない態度のメアリーの真似《まね》をする。

「そっ、羨ましい人生ね。……って言ったんじゃな！」

「ふむ……」

確かに適切な言葉とは言えないだろう。特に大統領の娘で生まれも育ちも恵まれたメアリーが言ったのならば、これ以上ない嫌味だ。

しかしいかに我儘《わがまま》で世間知らずで高飛車なメアリーだとしても、理由もなくその様な嫌味を言うだろうか。一緒の水上バイクで逃げたクリスティとしては、メアリーには素直な部分もあると感じている。

「メアリーにも何か思う事があったのかもしれないが、失礼な事を言ってしまったらごめんなさいと言うものだ」

些細《ささい》な行き違いだろうと判断しクリスティは諭すように言う。子供の教育指導など任務には入っていないが、グループ内に不和を残しておくのも良くは無い。

「はぁ？　なんで私がそんな事言わなくちゃいけないの？　馬鹿？」

「………オーライ」

言ったクリスティとしても何が all right なのかわからないが、とにかくそう自分を納得させて気持ちを鎮《しず》める事にした。

ここで言い争っても何も解決しない事は人生経験で知っている。こういう時は互いの気持ちが鎮《しず》まるまで、時間に任せるしかないのだ。

どう場の空気を変えようかと思案していたが、タイミング良く無線機で呼び出される。

「俺だ」

『レイチェルよ。切符は手配したわ。発車は三十分後。メストレ駅の噴水広場に集合よ』

無駄口が無く情報だけの通信はクリスティ好みだ。

「了解した。十五分で着く」

通信を切りテーブルの皆を見渡す。

「ランチタイムは終了だ。速やかに退店願おうか」

「えー！　まだ食べ終わっとらんのじゃ〜！」

文句を言うマーリンだが、あれだけあったスイーツは八割方食べ尽くされている。マーリン一人で食べたわけではないが、素体技術は質量保存の法則を克服したのかと疑いたくなった。

【欧州横断寝台特急エスペラント号　ロイヤルスイート個室　1200時】


「ほう、凄《すご》いじゃないか」

クリスティが感嘆の声を上げる。

窓際《まどぎわ》のソファと大きなベッドが二つ。まるでホテルの一室を思わせるその客室は子供五人と大人一人が入っても十分な広さを持っていた。

レトロな空間を意識した木目調の車内だが、空調設備などは最新のものが入っている。列車旅など興味のかけらも無かったクリスティでも少し気分が高揚してしまった。

「エスペラント号。人類共通語を目指してつくられたエスペラント語で希望する者という意味ですね。その名の通り希望の象徴として第三次世界大戦後に作られた欧州を結ぶ豪華寝台列車。まさか自分が乗れるなんて感激ですっ！　水素燃料によって電線を必要としないエコかつ自立的な車両で、それでいて動力車を分けず全車両に水素電池を搭載し苦手な急こう配もパワフルに！　もちろんブレーキは回生エネルギーシステムで――」

「このベッドふかふかー！」

ルーシーが興奮して語り、マーリンがテンションを上げてベッドに飛び込む。姿に合わせて中身まで幼児退行しているのではと心配になった。

「……よく席が空いてましたね」

「確かに、値段はともかくこういう部屋に空きなんてそうないだろう」

ジブリールの疑問にクリスティも追随する。

「それこそシークレットなサービスよ。憐《あわ》れな列車マニアの四人組が興奮のあまり気を失って、翌朝に何故《なぜ》か目的地の駅のベンチで目を覚ます。みたいな事は決してないわよ」

「ああ……」

大体の事は察してしまった。憐《あわ》れな列車マニアに哀悼の意を示す。

「ねえ、私の部屋は？」

メアリーが言う。

「あー、えーと、部屋は一つしか取れなかったのよ」

「そう、じゃあアンタ達は皆外に出てって」

横暴な物言いに　レイチェルがたじろぎながらもメアリーを諌《いさ》める。

「ずっと外にいると車掌や他の人に怪しまれちゃうから……」

「はあ？　こんな奴《やつ》らと同じ部屋で寝ろって言うの？　この無能！」

「うーん、ごめんなさいね。声が聞こえちゃうからとりあえずね……」

非合法な手段とはいえ、数十分で豪華寝台列車の特等室を押さえたレイチェルの手腕は有能と言わざるを得ないだろう。

流石《さすが》に我儘《わがまま》が過ぎるとクリスティは思いながらも小さな子供の叱り方など経験がない。

考えあぐねているとジブリールが先に切り出した。

「自分の立場を自覚しているならば、子供でもそれに伴った行動を取るべきだ」

孤児院で弟妹《きょうだい》達の相手をしていたジブリールは叱り慣れているのだろう。

「ふん、自覚しているからこそアンタ達と同じ部屋が嫌なのよ。それとも同じ部屋で寝るのが好きなの？　孤児院みたいに」

チリ、とジブリールから怒気が感じられた。表情は窺《うかが》えないが、銀髪が逆立ちそうだ。

ジブリールが殴りかからなかったのは、特殊部隊員としての感情コントロール術のお陰であろう。

「メアリー。ジブリールに謝るんだ」

クリスティが両者の間に入る。

「はっ、その格好で言うとスクールのホームルームみたいね。行った事ないけど」

尚《なお》も挑発を続けるメアリーにクリスティも穏やかではいられなくなってくる。ジブリールはもっとだろう。

緊張が高まる。

「あっ！　もしかしてメアリーちゃん、奥側のベッドが良かったのかのう？」

「はあ？　別に今はベッドなんてどうでもいいわよ」

「じゃあここはマーリンのベッドで決まりなのじゃ！　ルーシーもベッド使うのじゃ？」

「ちょ、ちょっと！　どうでもいいと言ったけど一つは私のだからねっ！」

「フム、ルーシーよ。ダメみたいじゃぞ？」

「わ、私はソファでも大丈夫ですよ？」

マーリンの計らいで緊張が解けた。もしかしたら素かもしれないが。

「……外の把握と巡回をしてきます」

ジブリールはクリスティにそう言い部屋から去って行った。

「ふう……」

一触即発の空気を脱し一息つく。メアリーの相手はマーリンに任せた方がいいかもしれない。

「俺も巡回に行ってくる。部屋には護衛でマーリンとルーシーとレイチェルが残る。文句はないだろう？」

「……ふん」

メアリーが顔を背ける。否定しないという事は肯定だろう。

「謝罪を強要はしないが、自分の言動を見直してみる事だ」

せめてもの忠告を残しクリスティも部屋を出る。

すると慌ててルーシーも廊下に飛び出してきた。

「あっ、クリスティさん」

「どうした」

「あの、これ通信装置です」

渡されたのはシンプルな黒のチョーカーだった。

「これがか？」

「骨伝導式の短距離無線ですよ。どんな小声でも拾えます。暗号化もばっちりです」

ルーシーがこめかみのヘアピンを見せてくる。なるほど、各々《おのおの》違ったアクセサリーに擬装しているのだろう。ジブリールはイヤーカフを付けていたなとクリスティは思った。

「技術少尉もやるじゃないか」

「作ったのはおじい……いえ、ドクタークロサワなんですけどね」

「あの変態ドクターか……」

クリスティはチョーカーを着けるのを一瞬躊躇《ためら》うと共に、ルーシーと変態ドクターの関係性をあえて聞かないでおく事にした。

【エスペラント号　ラウンジカー　0300時】

昼に一悶着《ひともんちゃく》あったが、その後は問題なく護衛を行いつつ時間は深夜となった。

ちなみにメアリーは食事の時以外は不貞寝《ふてね》をして一切口を利《き》かなかった。

「今スイスのジュネーブを過ぎたあたりだ。このまま山を越えればフランス。午前中にはパリに着くらしい」

クリスティはカウンターテーブルにコーヒーのマグカップを二つ置く。

「そうですか」

既に座っていたジブリールは目礼をして受け取った。

この雑談用のラウンジカーには今は二人だけだ。室内は間接照明で薄暗くなっており、窓の景色は闇ばかりだ。

昼に探索をしてエスペラント号の列車編成は頭に入れてある。

全二十五両編成。

先頭の運転兼係員車両から始まり、三両ずつフラットシート車両。シングル個室車両。ツイン個室車両と区分けされている。ツインの後には通路兼車掌室が一両、食堂車が二両、カフェバーが一両、そしてこの後部ラウンジカーが一両付いている。さらに続いてデラックス個室車両が一両。そしてロイヤルスイート一部屋で一両陣取っている。残る九両は貨物車両だ。

デラックス個室は予備で確保しておいた後詰め部隊の部屋で、シークレットサービスの味方がいるという。

つまりこのラウンジカーで見張っていれば、前の車両から不審者が侵入するのを防ぐ事が出来る。

「このまま何も無ければいいがな」

深夜三時の今はラウンジカーにも隣のカフェバーにも誰もいないが、昼間は結構な盛況だった。

探検と称し車内を走り回る子供。写真を撮る為《ため》にロイヤルスイートに行こうとして車掌に止められる列車マニア（一般の切符の客はラウンジカーから先に進めない）。誰がバル・ベルデの利用者かわからないので常時警戒していたが、今のところこの列車にそれらしい人物は乗っていなかった。

「……昼間はすみませんでした」

「どうした、改まって」

「私情で任務を不安定にさせてしまい、軍人失格です」

「俺からすればジブリールが一番軍人らしいがな」

自由奔放なマーリンや初心者感のあるルーシーはたまに年相応の少女に見えてしまう。

「自分には戦争しかありませんから」

「というと?」

「戦争で家族を失い、戦争をして生きている。戦争で手足を失い、戦争によって新しい体を得た」

ジブリールは人工素体《ミミック》の幼い手で自分の腕を掴《つか》む。

「そんな人生の中で、あの孤児院は陽だまりの様な場所でしたから」

「そうか……」

ゆっくりと、ウイスキーでも飲みたい気分だった。ロックの氷を溶かしながら。

「しかし、冷静な奴《やつ》かと思ったら案外情に脆《もろ》く寂しがり屋だったんだな」

「言わないでください」

拗《す》ねた様にコーヒーで口元を隠すジブリール。

その可愛《かわい》らしい仕草に、つい素体相手である事を忘れてしまう。

しかし人工素体《ミミック》となった自分達の何が本当の見た目なのだろうか。今着ている素体こそがそのまま「自分」と言えなくもない。自分とは……。

「星空が明るいですね」

「ん、ああそうだな」

クリスティは会話に集中しようとする。会話をしないと何か致命的な思考に溺れてしまうと、

心のどこかで思った。

「故郷の星空を思い出します。孤児院に入る前の、もう存在しない故郷を」

「きっと同じ星空さ」

柄にもない事を言ってジブリールと共に車窓から星空を見る。

満天の星だ。邪魔な光源も、遮蔽物もない。

そんな星空がチカチカと点滅する。いや、遮られている。何に？

「回転翼……ヘリコプター！」

クリスティの視線から外れる様に、ヘリは列車の真上に移動する。

「マーリン！　ヘリを確認した！」

首元のチョーカーに手を当て客室にいるマーリン達へ無線を送る。

『こちらも確認済みじゃ。チヌークの欧州モデル、骨董品《こっとうひん》じゃのう』

チヌークことCH‐47はベトナム戦争をはじめ過去の戦争で活躍した傑作輸送ヘリだ。

前後二つの回転翼とダックスフンドの様な胴長が特徴的だ。

ライセンス品、コピー品問わず世界各国にばら撒《ま》かれマイナーチェンジを繰り返してきた。

その信頼性からオスプレイ等の次世代輸送ヘリが配備された今も、一部で運用されている。

「最近の寝台列車はヘリから花火ショーのサービスでもしてくれるのか」

『ホログラムの映画上映かもしれぬな』

まあ十中八九バル・ベルデの刺客だろう。

「どこから情報が漏れたんだ……」

それを考えている余裕はない。

それよりも動く牢獄《ろうごく》と化した列車の中では突入されたら非常に不利だ。

平均的なチヌークの積載可能人数は約五十人。記録では百五十人近くを運んだ事もある。フル積載は無いとしても、敵が数人で済む事は有りえないだろう。

「上に出ます。許可を」

気付くとジブリールは組み立て終えたレミントンXM2030狙撃銃を胸に担《かつ》ぎ、夜間カモフラージュ用のナイトコートを着用していた。

「許可する。敵戦力を偵察してくれ。発砲の判断も任せる」

「ラジャー」

ジブリールはサプレッサー付き狙撃銃をラウンジカーの窓ガラスに向け発砲する。さしもの列車用強化ガラスも容易《たやす》く穴が空き蜘蛛《くも》の巣《す》状に亀裂が入る。それを蹴破り、子供一人分の穴を確保し器用に上へと登っていった。

「頼りになる」

クリスティも携帯していたリュックの中からショットガンを取り出す。

「クリスティより各員。ジブリールが上に出た。マーリンはお姫さんの傍《そば》で待機。ルーシーはジブリールの援護に出られるか」

クリスティが無線を飛ばす。

お姫さんにマーリンを付けておけば一先《ひとま》ず安心だろう。気弱な技術少尉のルーシーにどれだけ戦闘能力があるか不安だが……。

『マーリン了解なのじゃ～』

『ルーシーも了解です！　こ、これでも士官学校の成績は良かったんですよ！』

「オーライ」

指示を出し終えてジブリールの偵察結果を待つ。

『ジブリールより報告。先頭車両に敵がラペリング降下中。運転台が押さえられた模様』

列車を停止させないのが狙いか。動く牢獄《ろうごく》で虱潰《しらみつぶ》しに探すつもりだろう。もちろんニューデルタフォースとして迎え撃つ自信はあるが、一つ想定外の事がある。

「敵の練度が高すぎるな……」

高速で動く列車にヘリからのラペリング降下。流れる様な車両制圧。烏合《うごう》の衆《しゅう》には決して出来ない芸当だ。

「バル・ベルデってのは違法武力の売買サイトじゃなかったのか」

違法どころか正規の軍隊に匹敵する。

クリスティは二つ隣の食堂車に移りテーブルを次々に蹴り倒す。決して八つ当たりではなく敵が突入してきた時の盾代わりの障害物を作るためだ。

『こちらルーシー。ジブリールと合流しました。……あの黒いチヌーク、統率された動き、もしかしてケルベロスかもしれないです』

「なんだって?」

なんの比喩だと問いたくなったが、クリスティの知識に何かが掠《かす》める。

『ブラックウォーターから独立した傭兵《ようへい》部隊じゃのう。その狂犬ぶりも戦争が終わってからめっきり聞かなくなったが』

「ガッデム……」

ブラックウォーターとは元アメリカ海軍特殊部隊ＳＥＡＬｓの退役軍人が設立した民間軍事会社だ。過去のイラク戦争では米軍と協力していたが、現地での非人道的な行いが問題になった事もある。

そんなブラックウォーターの中でも過激派だった部隊がケルベロス。第三次世界大戦以降にブラックウォーターと共に解散したと思ったがこんな所で牙を研いでいたのか。

「戦争中毒者が……」

無線には乗せず独り言を漏らす。

『敵の降下終了。ヘリが遠ざかります。降下人数は十五人。うち五人が車上を伝ってきます』

「五人分隊が三つでちょっとした小隊規模か。ジブリール、迎撃を許可する。通行止めだ」

『ラジャー』

上は押さえられたとして問題はこっちだ。戦力比十対一。敵が運転車両に分隊一つ残したとしても五対一。しかも練度は正規部隊並みときた。冷静に考えて一人では押さえられないだろう。メアリーはレイチェルに任せてマーリンに加勢してもらうか。いや、それでは根本的な解決にならない。

「通路封鎖にはリロードカバーも含めてあと二人は欲しいが……」

前方の客車から騒ぎ声が聞こえる。ケルベロスの部隊が捜索を開始したのだろう。

正義感のある者が抵抗したのだろうか、時折銃声が聞こえる。何も関係の無い一般人の犠牲に、クリスティは僅かな憐《あわれ》みを感じるが、それ以上の感情はカットする。

テーブルの陰からショットガンを構え、食堂車への入り口を狙う。

ショットガンの装填数は六発。撃ち切った後は悠長なリロードなど許してくれないだろう。ある程度の足止めをして、マーリンにはお姫様を連れて動いている列車からの脱出をしてもらう。非常に危険だが現状はこれしかない。

「……!」

食堂車の扉が開く。黒ずくめのアサルトスーツを着た敵が見える。

マスクとメットをしているため表情は見えないが、テーブルがバリケードになっている食堂車を見て僅かに動揺し動きを止める。

「獲物しかいないと思ったか！」

クリスティがショットガンを放つ。

弾は一般的な12ゲージのバックショット。親指ほどの実包に小さな鉄球が九粒入った弾だ。粒の大半が胸に命中し敵は衝撃で後ろに倒れ込んだ。

防弾アーマーを着ていた場合即死とはいかないが行動不能には持ち込めたはずだ。

敵の後続がすぐさまサブマシンガンで応戦してくる。

「チィ」

すかさず身を隠すクリスティ。テーブルに衝撃があるが貫通はしない。テーブルは二枚重ねにしてある。密着させず隙間を空けるのが貫通力を下げるコツだ。

「さて」

刀身がミラー加工されたナイフを取り出し、反射で入り口の様子を窺《うかが》う。

倒れた男が扉の脇に引きずられる。カバー射撃をしつつ負傷者の回収。

「お手本の様な流れだな」

この様な閉所ではグレネードを投げ込むのが定石だが、列車内では脱線の危険があるので出来ない。

次は援護射撃しつつ食堂車に突入してくるだろう。その前にカフェバーの車両まで後退する。

ショットガンの残装塡数は五発。

顔は出さずに入り口に向けて応射。

残り四発。敵の銃声が一旦止まる。

残り三発。二発、一発。

「よし！」

クリスティは振り向き、後ろのカフェバーに駆けようとする。

すると目の前にアサルトスーツを着た男が二人現れた。

「ファック！」

車両の外から回り込まれたか。バックアップのグロック66Sに手を伸ばす。

「ウェイウェイト！　俺達だクリス隊長！」

「わっつ……？」

【エスペラント号　車上　同時刻】

「……顔を出せない」

列車の屋根上にてジブリールが伏せながら呟《つぶや》く。

屋根の左右には等間隔で水素電池の四角い鋼鉄の箱が取り付けられている。

これが両者の射線を妨げる障害物となっている。

戦闘開始時、奇襲の狙撃で一人数を減らせたが残りは障害物に身を隠してしまった。

残る四人は二人一組で制圧射撃と移動を交互に行い確実にこちらに近づいている。

「ルーシー。なんとか出来ないか」

「むむむ無理ですよ！　一人じゃ弾幕形成も出来ません」

ルーシーは障害物に縮こまっている。その胸に抱えた四角いシルエットのＰ99マキシマム。

ベルギーのＦＮ社が作った傑作銃Ｐ90が現代用に改良されたモデルだ。アサルトライフルとサブマシンガンの中間に位置し、コンパクトながらも連射、装填数、貫通力で高い水準を誇る。

しかし多勢に無勢、せいぜい腕だけ出して撃って僅かに敵の進行を遅らせるぐらいだ。

「徹甲榴弾《りゅうだん》で水素電池に誘爆させる事は？」

「そんな危険設計にしてませんよ！　特急列車を舐《な》めないでください！」

ルーシーが変なところにかみつく。

「……そうか」

しかしこのまま時間が経《た》てば経《た》つほど不利になるだろう。

「お困りかい」

ふと後ろから声を掛けられる。状況に反して軽い物言いだ。

そこにはたれ目の優男がいた。ヨットハーバーで見た事がある顔だ。

「し、シークレットサービスのお仲間さんですか！」

ルーシーが救いを見た様な声をあげる。

「少し違うな。君達の先輩だ」

言いながら優男はズッシリとした銃を構える。

敵の射線から隠れながらのため、角度は上向きだ。このままでは明後日《あさって》の方向に弾が飛んでしまうだろう。

「80m。セット」

優男が呟《つぶや》き一拍置いて引き金を絞った。

ドシュッ、と重い擦過音と共に発射された弾は山なりに飛び、敵の頭上で爆発した。

「え、エアバースト弾……！」

ルーシーが声を漏らす。

ドイツのヘッケラー&コッホ社製。XM30IAWS。通称パニッシャー3。

IAWS（Individual Airburst Weapon System）の名の示す通り、空中炸裂《さくれつ》弾頭によって隠れた敵を撃破出来る新世代グレネードランチャーの完成形だ。手動やレーザー測量で弾頭の炸《さく》裂《れつ》距離を定められるほか、即応性を重視した音声認識も兼ね備えている。

いかに優秀な武器とはいえ、即座に距離を目算し初段命中を果たした優男の技量もまた優秀と言えるだろう。

「コードネームはルーカス。君達の隊長の元チームメイトさ。さあ残りの敵をやっつけようか」

【エスペラント号　食堂車　0310時】

「スピルバーグ、キャメロン。後詰め部隊はお前等だったのか！」

ヘルメットの下にドクロのフェイスマスクをしてアサルトライフルM5A2で適宜制圧射撃をしているのがスピルバーグ。

ヘルメットの下にゴーグルを着けLSAT軽機関銃で弾幕形成をしているのがキャメロンだ。

「もっと早く顔を見せてくれても良かったんじゃないか」

そうすれば護衛計画もより綿密に立てられただろう。

「作戦の機密強度向上の為《ため》」

頑固一徹な喋《しゃべ》り方をするのはガタイの大きいキャメロン。

「しっかしまあ本当に隊長なんすね。その姿は隊長の趣味ですかい？」

スピルバーグがフランクに茶化す。

「なわけあるか。装填完了」

「へへ、ご愁傷です。リローディング」

「機関銃残数二十」

「カバーに入る」

軽口を叩《たた》きながらも流れる様にお互いをカバーし合う。一年も同じチームだったのだ。各々《おのおの》のリロード速度も把握している。

「装填完了、っと敵のライオットシールド！」

スピルバーグが報告する。

超硬プラスチックの盾を構えながら敵が一人突っ込んでくる。

ストッピングパワーのある軽機関銃がリロード中なのでスピルバーグのアサルトライフルでは突撃を止める事が出来ない。

「任せろ」

クリスティがリボルビングショットガンを構える。小さな弾丸をばら撒《ま》くショットガンはそれこそシールドの前には無力だ。しかしクリスティは手元の回転式弾倉《リボルビング》を回転させ弾を瞬時にチョイスする。

「くたばりやがれ《Fuck ass》」

放たれた弾丸はスラッグ弾。弾を分散させず、鉄塊を丸々撃ち出す質量弾だ。

近距離ならばアンチマテリアルライフルにも匹敵するその威力は、弾頭の大きさ故シールドを貫通しないながらもその持ち手ごと後ろに吹き飛ばした。

「さっすが隊長！」

スピルバーグが歓声をあげる。

「来るのは読んでいたさ」

クリスティもこの体になってからようやく勘を取り戻した手ごたえだ。

事前に危機を想定する想像力。瞬時に反応する瞬発力。そうした対応力こそがクリスティの持ち味であった。

「機関銃装填完了」

「よし！」

敵の数は減っている。

このまま状況が推移すれば切り抜けられる。

それは敵も承知のはずで……。

ふと何かが放物線を描いて飛んでくる。

「ツッツグレネード！」

叫びつつクリスティは退避行動をしない。このままの軌道で落ちればダメージは避けられず致命的な隙が生まれる。

リボルバーショットガンを構え弾丸はバードショットを選択。

その弾には二百発もの極小の鉄粒が詰まっている。

文字通り鳥撃ちの如《ごと》く、宙を飛ぶグレネードを撃ち落とす。

グレネードは敵とクリスティ達の間に落ち一拍を置いて爆発した。

「ファックファック！　脱線とかターゲットの生死を考えないのか⁉」

クリスティは悪態をつきながら次のグレネードに備える。

車内の損傷がひどくテーブルは障害物として十分に機能しないだろう。

「スタンはあるか⁉」

「あります！」

「お返しにくれてやれ！　その後ラウンジカーまで後退！　距離をあける！」

スピルバーグがスタングレネードを投擲《とうてき》。視覚と聴覚を麻痺《まひ》させる物だが敵はヘルメットとゴーグル装備で対ショック訓練も受けているだろう。稼げて三秒。

スタングレネードの爆発と同時にクリスティ達は食堂車を出る。後ろ向きでも眩《くら》むほどの光と耳を塞いでも貫通する音響が炸裂《さくれつ》する。

しんがりのキャメロンは動じずに機関銃で撤退射撃を行う。

クリスティ達は隣のカフェバーに移ったが、ここは障害物が少なすぎるので素通りだ。

その際クリスティはバーカウンターにあったカクテル用のスピリタスの瓶を取り、後ろの入り口付近に放り投げて粉砕する。

そしてラウンジカーに滑り込むと同時に追いすがる敵の射撃が始まる。

すると先頭の一人の体が燃え出した。

「ひゅう、即席の焼夷《しょうい》トラップですかい。えげつねェ」

「あんなものが市販されているのがおかしいんだ」

アルコール度数96%を誇るスピリタスは、近くで煙草《たばこ》を吸っただけでも引火する。

空中で瓶を破壊し気化させた空間で銃など撃てば火だるまになるのは必然だ。

これで車両一つ＋αの距離を稼ぎ、グレネード等にも十分対処出来る。

『こちらジブリール。屋根の敵は掃討しました』

「了解。運転車両の奴《やつ》らが来ないとも限らない。そのまま警戒してくれ」

どうやら上も決着がついた様だ。一安心、とはまだいかないが絶体絶命は脱した。

『え、え？　あれって、嘘《うそ》、戻ってきて……』

ルーシーの混乱した声が聞こえる。

「どうしたルーシー？」

『ヘリが戻って……！　きゃー撃ってきましたー！』

轟音《ごうおん》と衝撃が襲ってきた。

【エスペラント号　車上　同時刻】

ジブリール達は列車の上、というよりは横にぶら下がる様な形でいた。

車上には鋼鉄にチェーンソーを当てた様な不快な金属音が轟打《ごうだ》する。

チヌークのサイドドアから放たれるは12．7㎜ブローニング重機関銃M3。

一昔前に重機関銃の金字塔を築いたブローニングM2の改良型である。

姿勢の低い三脚。丸くて細長い一本の銃身。昔の戦争映画で塹壕《ざんごう》からよく兵士が撃っている固定機銃がこれだ。

車上の障害物たる水素タンクは文字通り薙《な》ぎ払われ、車上はまさに掃討されている。

「止《や》んだ……」

ジブリールが口を開く。敵はもう掃討しきったと思ってくれただろうか。

「ヘリには大抵サーモグラフィーがあるので生存は露見してると思いますが……」

ルーシーが気の重くなるような事実を述べる。

「大丈夫さ。後ろは山で周り込めない。いくら50口径だからって列車の車体を真横から全部貫通できるわけじゃない」

ルーカスが楽観視した一秒後、その数メートル横の車壁に穴が空いた。

「なるほど。最近の列車は軽量化が進んでいるらしい。エコだねっ」

「エコだねっ。じゃないですよぉ！　そのグレネードランチャーで撃ち落とせないんですか⁉」

ルーシーが涙目になりながら訴える。

「時速100㎞近くで走行中の横風。距離150m超。グレネード弾じゃ無理だねっ！」

「いやぁぁぁぁあ！」

横風と距離のお陰で敵の命中率も悪くなってはいるが、蜂の巣にされるのも時間の問題だ。

「機体に当てさえすれば……！」

ジブリールはデッドゾーンである車上に身を乗り出す。

そのまま伏せの姿勢でレミントンXM2030を構える。

「危ないですよ！」

ルーシーの警告はもっともだが、ぶら下がっていても危ない事に変わりは無い。

左右でブローニング重機関銃の着弾や跳弾の音が聞こえる。今無事なのは体の小ささ故と運がいいだけだ。

徹甲榴弾《りゅうだん》を装塡。この狙撃銃の8．58㎜が強力といっても所詮は個人が携帯する火器だ。12．7㎜にすら耐えるヘリの装甲を貫通出来ないだろう。しかし着弾し爆発する徹甲榴弾《りゅうだん》ならヘリのバランスを崩す事が出来る。

放たれた弾は、チヌークの装甲に突き刺さり爆発する前に、空《むな》しく跳弾してしまった。

「次弾」

ジブリールは冷静にコッキングレバーを引き次弾を装填する。

だが次に放たれた弾もまた爆発する事なく跳弾し宙を舞った。

「入射角の問題ではない……？」

目の前の結果に怪訝《けげん》な表情を返すジブリール。そのすぐ横を重機関銃の弾が抉《えぐ》った。

咄嗟《とっさ》に身を縮めるが最早《もはや》射的の的でしかない。

あわや蜂の巣と思われた瞬間、銃弾の雨が止《や》んだ。

『屋根から降りろ！　ジブリール！』

イヤーカフから骨伝導の無線が響く。クリスティの声だ。

後ろの車上からも音がする。

見るとそこではクリスティと二人の男がヘリに向かってありったけの制圧射撃を加えていた。

敵のドアガンナーはその射撃に怯《ひる》みブローニングを撃つのを中断したのだ。

列車がトンネルに入る。

視界が暗くなる。

束《つか》の間の安全が訪れたのだ。

【エスペラント号　ロイヤルスイート個室　0320時】

「隊長。助かりました」

ジブリールがクリスティに礼を言う。

車上からは既に降りており、最後尾のロイヤルスイートの部屋に集まっている。一応車上には見張りでルーカス。ラウンジカーにスピルバーグとキャメロンが詰めている。

「よくやってくれた。ジブリール。しかし現状は未《いま》だピンチだ」

クリスティの言葉をレイチェルが引き継ぐ。

「なりふり構わず殺しに来てるわね。このロイヤルスイートも12．7㎜には耐えられない」

「スイス空軍は何をしているんだ？　自国の空でドンパチやってんだぞ」

「スクランブルは出てるはずよ。ただここはフランスとあまりにも国境が近すぎる。今頃は両国でどっちの機体がやらかしたのか罵り合ってるところね」

「そ、それでも流石《さすが》に撃墜してくれますよね？」

ルーシーが不安げに尋ねる。

「もちろん。十分以内には戦闘機がミサイルでやっつけてくれるわ。問題は三分以内には列車はこのトンネルを抜けて再び銃撃に晒《さら》されるという事」

「フム、運転車両を奪還してトンネル内に停車するには時間が間に合わないのう」

「リスクは高いけど、乗客の中に身を隠してサーモグラフィーをやり過ごすしかないわ。流石《さすが》に残りの時間で全ての車両を銃撃し尽くすのは不可能よ」

「そう、だな……」

クリスティは頷《うなず》く。

確かに現状打てる手はそれしかないだろう。一般人に甚大《じんだい》な被害が出るのと、運が悪ければ普通に死ぬという問題があるが。

「……」

作戦会議中メアリーは静観し一言も発しない。死ぬも生きるも成り行きに任せるようだ。

その姿を見てクリスティは、本当にそれしかないのだろうかと考える。

例えば、敵が列車を脱線させてきたらどうだろうか。スイスの切り立った渓谷の下へ落ちたら、それこそ命がない。

全ては敵の動向とスイス空軍次第。なるほど、赤の他人に命を任せるというのは、確かに大きな不安を伴う。メアリーも今までこういう気持ちだったのかもしれない。

だが、今はこれしか……。

「自分にもう一度狙撃させてください」

静寂を破ったのはジブリールだ。

「撃墜するって事？　さっき弾《はじ》かれたんでしょう？」

レイチェルが反論する。

「そうですよ！」

ルーシーがそれに追随する。

「お、おそらく敵のチヌークには装甲にスリップ加工が施されてあります。ただでさえ跳弾しやすい曲面の装甲に、油の膜があるようなものです」

「ドアガンナーを撃つ。狙った的は外さない。さっきは的が大きすぎて狙っていなかった」

しかしジブリールは譲らない。

それは狙撃手としての矜持《きょうじ》だろうか。顔も体も幼い少女だというのに、その瞳には確信があった。瞳も素体の一部に過ぎないが、もし意志というものが具現化するなら、それは瞳に宿るのだろう。

その姿を見て、クリスティは隊長としてただ一言命じた。

「任せた。ジブリール」

【エスペラント号　車上　0322時】

「別にルーシーまで付いてくる必要は無かった」

車上でXM2030を構え、うつ伏せになりながらジブリールが呟《つぶや》く。

「直前まで対象の姿が見えませんからラプラスシステムは使用できませんが、風速や地形ぐらいならサポート出来ます。あ、あと周りの監視も」

自信に満ちた顔でルーシーが答える。右手で単眼鏡。左手で端末をいじっている。画面にはGPSでマップに列車の現在地が示されている。

「さっきは死に掛けて泣き叫んでいたのに」

「あはは、もちろん死ぬのは怖いですよ。だから怖いながらも死なない為《ため》に頑張ろうかなって……」

「クレイジーだな」

「え、そ、そうですかぁ……？」

「トンネルを抜けるまで後何秒だ」

「え、えっと二十五秒です」

車上にいるのはジブリールとルーシーだけだ。

ロイヤルスイートの部屋にクリスティとマーリンとメアリー。

その入り口通路にレイチェル。食堂車とバーカウンターの間にスピルバーグ達三人がいる。

ヘリはジブリールに任すにしても念の為《ため》一般客室に身を隠そうとしたが、運転室に陣取っていた敵分隊がそれを阻止する為《ため》か攻めてきた。今はスピルバーグ達が応戦して食い止めている。

「あと十五秒です」

全てはここでヘリコプターを無力化出来るかどうかに全てが懸かっている。

ジブリールが構える銃に僅かに力を込める。スコープはまだ覗《のぞ》かない。

「あと十秒。九、八、七、六、五、四、三、二、一……」

「出ます！」

視界がひらける。満天の星。その明かりに照らされる静謐《せいひつ》な山脈。その他は黒い闇。

闇に溶けるカモフラージュで一瞬見えなかったが、すぐにヘリを確認出来た。

ブローニングM３のマズルフラッシュ。それは何よりも目立ったからだ。

「距離２１０ｍ！」

ルーシーがレーザー測定の単眼鏡で正確な距離を出す。

先ほどのクリスティ達の制圧射撃を警戒したのか、ヘリは列車から距離を取っている。その
お陰でブローニングの命中率も低下しているがすぐに修正してくるだろう。

「撃ってきてます！」

「撃ってくださいと言っているんだ」

こんな闇の中で光源を出して、あれほど狙いやすい的もない。

「この距離なら……！」

ジブリールが引き金を引く。

横風も、移動目標という事も構わず、その弾はマズルフラッシュ目がけて飛んでいき、そして小さな爆発を作った。

「こちらジブリール。敵ガンナーにプレゼントを届けた」

『良くやったジブリール！』

クリスティの賞賛に、クールなジブリールの口元がほんの僅かに緩んだ。

『ヘリはまだ飛んでいるようなのじゃ～？』

マーリンの言葉に再度気を引き締める。

ドアガンナーに徹甲榴弾《りゆうだん》を当て機体内部での爆発を起こしたが、チヌークはバランスを崩さず未《いま》だに飛び続けている。機内で手榴弾《しゆりゆうだん》の爆発事故を起こしても墜落しなかったチヌークだ。

しかしドアのブローニングM3は破壊したし、代わりの射手ももういないだろう。

「あれ、あれ……もしかして、嘘《うそ》ですよねぇ……？」

ルーシーが不吉な事を言う。

「あの、チヌークがこっちに正面を向けて……」

直後、チヌークの正面から先ほどより強いマズルフラッシュが光る。その一瞬の後、まるで列車を横から切断するような一筋の火線が横切った。

「あれはなんだ……」

ブローニングとは比較にならない衝撃を受けながら、ジブリールはルーシーに問う。

「いやいやいや、前部機銃にあんなもの……えぇ？」

「なんだと聞いている！」

「バ、バルカン砲です！」

バルカン砲。

ゼネラルエレクトリック社が開発した傑作ガトリング砲。製品名M61バルカン。

映画などで回転式機関砲は全てバルカン砲だと誤解される程の影響力を与えたその真正。

20㎜弾を毎分四千発発射する戦闘機用の機関砲である。

「でも装備よりも……こんなの自殺行為ですよ!?」

ヘリによる機銃掃射は珍しい事ではない。しかしそれは静止滞空状態で撃つ時や、あるいは真上を通り過ぎながら撃つ時である。視界が良《い》い昼間に、激突の危険がない開けた場所でだ。

ヘリの操縦だけでも相当なバランス感覚を使うのだ。最新のオートバランサーがついたヘリではなく、旧式のチヌークで、気流乱れる山脈で、激突の危険がある真っ暗闇の中で、高速移動する列車に機銃掃射を敢行するのは正気の沙汰ではない。

「相手も引き下がれないんだ」

仲間意識というものに乏しかったジブリールでも想像はつく。第三次世界大戦を生き延びた傭兵《ようへい》集団。その仲間の殆《ほとん》どがやられたのだ。何も無しでは帰れない。

「――だけど、来たのはそっちだ」

チヌークは正面を向けて近づいてくる。彼我の距離は100mを切っている。コクピットガラスが丸見えだ。

ジブリールがXM2030狙撃銃を放つ。
8．58㎜の高速徹甲榴弾《りゅうだん》。
コクピットガラスにそれが突き刺さり、爆発した。

【エスペラント号　ロイヤルスイート　0324時】

「よし！」

クリスティはロイヤルスイートの車窓からそれを見ていた。

コクピットをやられたチヌークはバランスを崩し、完全に制御不能になっている。

「本当にやったのね……」

メアリーすらも感嘆の言葉をあげる。

ついにやっつけたのだ。あの地獄の番犬を。

そしてチヌークはそのまま、そのまま……。

「そのままこっちに来てないか……？」

「こりゃマズイのぅ……」

マーリンすらも老兵の口調に戻る。

「大変です〜！」

車上にいたジブリールとルーシーが開いていた窓から車内に入ってくる。

「特攻する気です隊長」

「わかってる！　お姫さん！」

「ちょ、なに、触らないで、きゃあっ！」

クリスティはメアリーを抱きしめてベッドに飛び込む。

マーリンらもソファ、クッションなどに身を寄せて対ショック姿勢をとった。

そして訪れる破砕の轟音《ごうおん》。チヌークが列車に体当たりしたのだ。

「くぅっ……！」

激しく振動する車内。

チヌークはこのロイヤルスイートと前の車両を結ぶ連結部に衝突したようだ
衝突は終わったのになおも激しい振動は止まらない。

「脱線している!?」

レールから外れた車輪が枕木を踏み砕きながら進んでいるのだ。

このままでは横転する。クリスティはメアリーを抱きしめる腕に力を込める。

直後に来る浮遊感。スイスの山脈だ、一度横転すれば崖下まで転がり落ちるだろう。

「これ死にます死にます！」

「舌噛《か》むぞい？」

「……」

仲間がそれぞれに反応を示す。

ベッドやソファ、調度品が重力に引きずられもはや「下」となった連結口付近にずり落ちる。

次に襲うのは地面に激突する衝撃——。ではなかった。

代わりにガクンと軽い感覚しか受けず、振動もそこで止まった。

「……天国ですか？　ここは」

「魂運びの天使《ジブリール》が言うと洒落《しゃれ》にならないな」

「頭がまだぐらぐらします～」

「まあ高い所というのは間違っておらぬな」

マーリンの言葉にクリスティは悪い予感を巡らせる。

そして窓から外を見るとその予感は的中した。

「高さ数十メートルの鉄橋で宙吊《ちゅうづ》りか……」

山と山を結ぶ鉄橋。下には大きな川。

クリスティ達の車両が落ちていないのは後ろの貨物車両がかろうじて支えているからだ。

このロイヤルスイートより前の車両はそのまま走り去ったらしい。レイチェルや元チームメイト達がどうなったか気掛かりだが、今は自分達の事だ。

「よし。各員、危険だが車両をよじ登って上に……」

ガクンッ、とまた一段階車両が下がる。

「これ登るまで保《も》たないかもなのじゃ～」

度重なる困難にクリスティは「もうなるようになれ」という気分になる。

「下の川に詳しい者は」

「は、はい。スイスからフランスに流れるローヌ川です。流れは穏やかで水量も多いです。ってあれ、もしかしてそういう事考えてます……？」

ルーシーの不安を引き継ぐように、メアリーが懇願する。

「ね、ねえ。このまま留まってるのはどうなの？　落ちるとも限らないし、救助だって来るはずだし、バンジージャンプとかした事ないのよ私温室育ちだし」

必死になるメアリーに、クリスティは穏やかな笑みで答える。

「大丈夫だ。これはバンジージャンプじゃない。――命綱がないからな」

「いやぁぁぁあああ!!　やあ！　やあだぁ！」

「しっかり摑《つか》まれよ。俺が足から落ちてクッションになるから」

嫌がるメアリーを人工素体《ミミック》の力でがっちりとホールドする。

「では各員、西側の橋のたもとで集合とする」

そうしてクリスティは列車の窓から身を投げた。

Scene 4

少女達のサマーバケーション

EPISODE

Escape from France

MIMICRY GIRLS

Novel: Hitaki
Illustration: Asanaya

The year is 2041. It has been several years since the development of artificial body technology, commonly known as "mimicry"

【フランス東部　山中　0430時】

クリスティの隣でもぞもぞと動く気配がした。

「おう。お目覚めか。お姫さん」

「ここは……」

防寒用のアルミシートに寝かせられていたメアリーは半覚醒で問い掛ける。

獣道も無い程に深い山林の中腹、樹齢三百年はあるだろう立派なオークの木の下に一同はいた。

「さっきの現場から離れた山でキャンプ中だ。橋は今頃フランス軍やら報道機関やらでごった返しているだろうからな」

不幸な被害者を装《よそお》って庇護《ひご》を申し出る事も出来るが、そうするとテレビクルーに囲まれて奇跡の生還者として全世界に報道されてしまう。このまま生死不明の状態で隠密《おんみつ》行動に徹した方が、安全性が高いと判断しての行動だ。

「とりあえず離れる事を最優先して歩いてきたってわけだ」

メアリーは起き上がると身震いさせる。

「寒いわ」

メアリーの感想にルーシーが反応する。

「晩夏とはいえフランス高山地帯の早朝ですからね。私達は人工素体《ミミック》の筋肉密度のおかげで体温は高い方なんですが……。あ、裸で抱き合えば温まりますよ？」

「マーリンとあっためっこするのじゃ～」

「それなら凍死を選ぶわ。裸になるなんて考えたくもな……」

そこまで言ってメアリーは目の前の木に、自分の衣服が干されているのに気付く。

つまり今の状態は裸同然の下着姿だった。

「ッッッ！　脱がしたの⁉　このケダモノ！　変態！　ロリコン！　性犯罪者共！」

「いやいや、流石《さすが》に服脱がないと低体温症で死ぬぞ」

クリスティ達も濡《ぬ》れた服を脱いで下着姿になっている。

「既に乙女として死んでるから！　穢《けが》されたから！　とにかく服！　返して！」

涙目で取り乱すメアリーはこの任務で初めて見る様な顔をしていた。

半乾きの服を返されたメアリーは不快感に顔を顰《しか》めながらも袖を通す。

「……冷たい」

「もっと火に当たれ」

「火？　どこにそんなの……」

メアリーが覗《のぞ》きこむとオークの木の根元にそれはあった。

ぽっかりと直径30㎝程の穴があり、そこに薪《まき》がくべてあるのだ。

「ダコタ式かまどって言ってな、元はネイティブアメリカンの焚《た》き火だがレンジャー部隊のキャンプ方法でも採用されている」

作り方は簡単だ。メインとなる穴を掘り、その穴に対し空気取り入れ口として斜めに小さい穴を掘る。

燃焼効率が良く、火が周りから見えないので隠蔽率も高い。葉の多い木の根元に作って煙を散らすのが隠蔽率を上げるコツだ。

このかまど以外にも周囲は葉でカモフラージュするなど特殊部隊の粋を凝らした隠蔽工作がしてある。元々人気がない山だが万が一誰かが来ても気づかれないだろう。

「隊長。戻りました」

一人姿が見えなかったジブリールが斥候から戻ってきた。

「おう、偵察ありがとうな」

「周囲に人影は無し。3㎞西に百軒程度の小さな村があります。あと沢があったので水を汲《く》んできました」

ジブリールはビニール製の水袋を掲げる。

「有《あ》り難《がた》い。早速コーヒーでも淹《い》れるか」

折り畳み式の手鍋を組み立て手際《てぎわ》よく湯を沸かす。

列車から脱出する際、持ち出せた荷物はマーリンが背負っていたリュックサックだけだ。

その中にあったサバイバルキットでこうしてコーヒーを淹《い》れられているが、逆に言えばそれ以外の装備はロストしてしまった。

大活躍したレミントンXM2030やリボルバーショットガン、ラプラスシステムの入ったパソコン等は全て川の底に沈み、イリジウム携帯もロストしたので合衆国との連絡手段は一切ない。骨伝導の短距離無線はあるが、これも隊員間でしか通じない。

各員ハンドガンは持っているが、それだけでは心もとない。

当面の目標としては日が沈むまでここで待機し、町に行って移動手段を確保してコンカルノー基地を目指す事になっている。

「ほら、お姫さん」

ステンレスカップにインスタントコーヒーの粉とお湯を注ぎ、寒がっているメアリーに渡す。

「ん……」

メアリーはそれを無愛想に受け取り、一口飲む。

「不味《まず》いわ」

「まあ口に合わないとは思ったが……」

「……でも、温かい」

その感想に、クリスティは久々にほっこりした気持ちになった。

喉も渇いていたのだろう、そのままコーヒーを半分ほど飲み、メアリーはジブリールに視線を向けた。

「何か？」

ジブリールも視線を返す。険悪な仲だった二人だ。クリスティはまたメアリーが憎まれ口を叩《たた》くのかと身構える。

「あなたが汲《く》んできてくれたのよね。ありがとう。そしてごめんなさい。今まで無礼を働いてしまった事を謝るわ。他の皆も……」

メアリーの唐突な感謝と謝罪に、クールが売りのジブリールも目を丸くする。

「どういう風の吹き回しだ？」

思わずクリスティが問い掛ける。

「……信用出来なかったのよ。誰も彼も」

「まあ自分の安全を他人に委ねる不安は俺もわかる」

「それもあるけどそうじゃないわ。生まれた時から私には心から信頼を置ける人がいなかった」

メアリーは手に持ったカップ、真っ黒いコーヒーに目を落とす。

「ママは物心つく前にいなくなって、パパにも会えない。いるのはメイドや家庭教師やシークレットサービス。でもそれは雇われの公務員でしかない。しかも大統領府の中では閑職のね。子供だからって油断してるのか、打算や愚痴、陰口は漏れ聞こえていたわ。中には対立野党のシンパが潜りこんでて、愛人の子とか言ってスキャンダルの種にしようとしたのもいたかしら」

クリスティは大統領の娘の暮らしを想像した事などない。そもそも今はテロに対して要人の家族の情報を隠蔽する時代だ。その暮らしぶりが発信される事などない。

しかしどう見積もってもその暮らしは「孤独」の二文字が付き纏《まと》うだろう。

前に孤児院育ちだったジブリールに「羨ましい」と言ったのも孤独からきたものだろう。

「ま、その中でもレイチェルはマシな方だったかしらね。出世とキャリアの為《ため》って魂胆は見え見えだけど、私を守るという点では信頼できるし。だけど他は敵だらけ。私の……パパの飛行機が落とされたのだって、情報をリークした裏切り者がいるはずよ」

「なるほどのぅ」

マーリンが得心した様に頷《うなず》く。

「縄張り意識の高い政府《ガバメント》が軍隊《アーミー》に大事な護衛役をやらせるなどおかしいと思ったのじゃ」

「カモフラージュしているのにピンポイントで襲撃されるのはシークレットサービス内にスパイがいたからですか？　いや上層部や政府筋にも可能性がありますね……」

「考えたくはないが……」

ルーシーとジブリールも複雑な表情をする。

敵はバル・ベルデだけでなく合衆国内部にもいる。こういった味方も誰も信じられないといに守ってくれた……」

う不安と孤独をメアリーはずっと感じていたのだ。

「でもあなた達は私を死ぬ気で守ってくれた。仕事だからかもしれないけど、それでも逃げず

メアリーは残っていたコーヒーを飲み干す。

「だ、だから特別に私が信頼してあげるわっ！　光栄に思いなさい！」

しおらしかったメアリーだが、いつもの傲慢な態度に戻った。しかし前まであった刺々《とげとげ》しさは感じられなかった。

「改めてよろしくな、お姫さん」

「そのお姫さんっていうのいい加減やめてくれないかしら。そしたら私も下僕って言わないであげるわ」

「オーライ。メアリー」

「ふん……。クリスティ、マーリン、ジブリール、ルーシー。ちゃんと私を守ってよね」

守って――。思えばこの護衛任務が始まってから初めて正式に言われた言葉だった……。

【フランス東部　国道1206号線　2030時】

「ねぇ、あとどのくらいなの？」

「このペースだと三時間だな」

「もっとペース上げなさいよ」

「おぶってもらって言う台詞《せりふ》なのか……？」

クリスティ達は山の中で陽が暮れるのを待ち、夜になって行動を開始した。

昼の間に近くの村を偵察したが、鉄道はもちろんバスすら通っておらず、移動手段は住民の車のみとなっていた。世界的に田舎の過疎化が進む中、限界集落ではよくある光景だ。

車を盗みだす事は容易《たやす》いが、近くであんな大事件があった後だ。即座に通報されて捕まるのは目に見えている。そもそもこの少女の体で運転しているとそれだけで犯罪だ。

必然、残された手段は「最寄りの駅まで歩く」であった。

早々に歩くのに音を上げたメアリーは、クリスティにおぶられる形となっている。

口では乗り心地が悪いだの胸がくっついてしまうなど言っていたが、最終的に体を密着させる事を許すあたり、メアリーとの距離感は随分縮まったとクリスティは考えていた。

「やっぱりヒッチハイクしましょうよ」

背負ったメアリーの吐息が耳元にかかる。少しこそばゆい。

「リスクが高すぎる」

廃れきった田舎の山道とはいえ、ここはスイスとフランスを繋《つな》ぐ国道だ。日中も数は少ないが車の往来があった。だがそれは先の列車事件を取材するテレビクルーであったり、あるいは心優しく保護して警察に通報してしまいそうな地元住民の車だ。

それゆえに前の見張りをマーリン、後ろをジブリールに任せて車が来るたびに姿を隠していたのだ。

「そもそもなんて言い訳しましょうか」

隣を歩くルーシーが話に乗ってくる。

「そんなの、夏休みにヒッチハイクでヨーロッパ横断を目指してる子供達でいいじゃない」

「アグレッシブですね……」

「このご時世に子供だけとか怪しさしかないぞ」

「スタンド・バイ・ミーみたいで面白いじゃない」

「あれこそ徒歩オンリーだろ。死体を探してるわけじゃないし。というか良くそんな古い映画知ってるな」

「別にいいでしょ。ちょっと憧れてただけよ」

「あ、私も見たことありますよ？　ジュブナイル映画の名作ですよね。四人の少年達のひと夏の冒険。確かあの映画のキャッチコピーは『十二歳の頃のような友達は二度と出来ない』でしたっけ」

「なんだ、メアリーは友達が欲しいのか？」

「ばばばっかじゃないの!?　そんなの別に欲しくないし！」

大統領の娘として生きてきたメアリーに友達と呼べる存在は皆無に等しかっただろう。

画面に憧れの眼差《まなざ》しを向けるメアリーの姿が想像できる。

「じゃあ俺達が友達になってやろうか？」

「はぁ!?　意味わかんないから！」

背負われたメアリーがクリスティに頭突きをする。

「ったぁ……！」

メアリーの悲痛な声。クリスティはチタン製の頭蓋骨だから当然だ。しかし余程の強さだったのか、突かれたクリスティも痛みを感じる。

「いつつ……そういう話じゃなかったのか」

「ヒッチハイクの話でしょっ！」

「ああ、だが今は歩くしかないだろう」

正直クリスティもずっとメアリーを背負っての徒歩移動は辛《つら》いものがある。いくら筋密度が高い人工素体《ミミック》と言っても、子供の体で同じ子供を背負うのは予想していたよりも重く感じた。

しかしレンジャー訓練時代の60kgの背嚢《はいのう》を背負っての三日間不眠不休の山越えに比べればどうという事はない、とクリスティは自分を鼓舞する。

「でも徒歩もリスクが高いんじゃないですか？　予定よりだいぶ遅れてますし」

「まあ、それは同意する」

ルーシーの指摘にクリスティは考えを巡らせる。

元々このぐらいの時間には駅のある大きな町に着いて列車に乗っているはずだった。

だがこの体の予想外の進行速度の遅さと人の目を避けながらという二点から、予定から相当遅れている。

このまま深夜に駅についても列車なんて動いていないので一夜を明かすしかない。

こんな田舎では目立つ集団だ。この徒歩移動だって襲撃に対する防御力は皆無に等しい。

「……そんな感じだが、マーリンはどう思う」

クリスティはチョーカー型の骨伝導無線で隊員に情報共有をした。

『ふむ、まあ最悪ヒッチハイクしたドライバーを無力化させればよかろうの。夜だからマーリン達が運転しててもばれないじゃろうし、スモークガラスが付いたキャンピングカーとかあれば最高じゃの！』

さらりと物騒な事を言うマーリンだが、超法的な手段が当たり前の特殊部隊としては選択肢の一つでもある。

問題はこんな田舎の夜に都合よく車が現れるかどうかだが。

『こちらジブリール。後方からキャンピングカーが接近中』

「……なるほど」

さて、どうするか……。

【フランス東部　国道1206号線　2035時】

「ですですぅ〜！　私達ぃサマーホリデーでヒッチハイクの旅をしてるのです！　それでぇ、パリまで行きたいな〜って（うるうる）」

「ふひひ、そうでゴザったか……。でも女の子だけじゃ危ないでゴザルよ」

クリスティは会心の演技で媚《こび》を売る。ヴェネツィア以来の幼女演技。効果の程は実証済みだ。

その様子を見ていたメアリーは相変わらずドン引きしており、ジブリールからは信頼を失ったかのような目を向けられる。マーリンは明らかに笑いを堪えており、唯一ルーシーが素体の刷り込み演技に理解があるのか普通にしていてくれた。

任務の為《ため》に必要な演技だ……。と自己暗示しているはずのクリスティも羞恥で顔が赤らむ。先ほどの涙目も演技ではなく心の拒絶反応だったのかもしれない。

「幸い拙者のキャンピングカーは全員が乗れるでゴザルよ」

「わ、わぁ〜ホントですかぁ？　よろしければ〜乗せてって欲しいな〜って……」

クリスティは上目遣いで男を見る。

演技もそうだが、それ以上に相手の風貌に心理的抵抗を抱く。

「ふへへ、も、もちろんでゴザルよ」

丸眼鏡に全体的に痩せていてヒョロガリとした体形。赤毛でそばかすのある三十代白人男性。それだけなら別に問題はないが、女の子のアニメの絵がプリントされたシャツを着て頭にバンダナを巻くという個性的なファッションをしている。ハイスクールのカースト底辺に一人はいそうなタイプだ。

「いわゆるナードですね……」

ルーシーの呟《つぶや》きに男が反論する。

「ノン、拙者みたいなのはOTAKUというのでゴザル」

誇らしげに胸のシャツを見せつけてくる。心なしかその絵がクリスティに似ているのがさらに辟易《へきえき》させた。

「拙者の名はジャスティス・ビーン。あだ名はJBでゴザル！　パリでもどこまででも乗せってあげるでゴザルよ」

ぱちりとされた不器用なウィンクに、選択を誤ったかと思うクリスティであった。

【フランス東部　田舎道　キャンピングカー　2100時】

「えっとぉ、そのゴザルっていうのはフランス訛《なま》りなんですかぁ？」

「これはジャパーンのサムラーイの言葉でゴザルよ。拙者はイギリス出身でゴザル」

クリスティはキャンピングカーの助手席に座り、ナード《J》男《B》の話し相手という名の監視を務めていた。

ちなみにナード《J》男《B》は運転席に座ってはいるが車は自動運転だ。自動運転が一般化してから久しいが安全のため未《いま》だに運転席に人が座っていないと警告音が鳴る仕様だ。

キャンピングカーの内部はジャパンアニメのポスターやらクッションやら抱き枕カバーやらで隙間なく装飾されており、マーリンを除く全員が顔を曇らせたのはクリスティの気のせいではないだろう。

ナード《J》男《B》の相手もマーリンがしてくれれば良かったが、マーリンは備え付けてあったジュースやお菓子、ゲーム機に首ったけになっていた。

クリスティも皆とリビングスペースにいても不自然ではないが、ナード《J》男《B》が万が一バル・ベルデの一員であったり、あるいは善意から警察に通報しないとも限らないので見張っている必要があった。

こうしてリビングスペースではマーリン達がテレビゲームをし、クリスティだけが助手席にいるという運びとなった。

「おじさーん！　このゲーム古いけど面白いのじゃ〜！」

マーリンがリビングスペース側から声を掛けてくる。

壁掛けのペーパーテレビは四画面に分割され、銃を撃ちあっている様子が見える。

「ロクヨンの伝説のゲーム、００７ゴールデンアイでゴザルよ！　四人なら丁度いいでゴザルな！」

「何よこんな低グラフィックのレトロゲーム……。ちょっと！　黄金銃はズルいでしょ！」

「取られた方が悪い」

「こんなプレミアソフト、よくゲットしましたね……」

各々《おのおの》が各々《おのおの》の反応でゲームをしているが、擬態としては都合がいいのかもしれない。

もっとも、中身が本当は大人の軍人なんですと言われても信じられないだろうが。

「クリスティ殿はやらなくていいのでゴザルか？」

「あ～、えっとぉ、私はおじさんとお話ししてたいな～って、えへっ？」

「ふ、ふひひ！　そうでゴザルか⁉」

ハニートラップ、とはまた違うが接待する女性の苦労が分かった気がしたクリスティである。

まさかこんなふざけた奴《やつ》に男だと看破される事はないだろうが、演技した手前いきなり態度を変えるのも変であろう。

「クリスティ殿は実に萌《も》え～でゴザルな！」

「モエ……？」

不可解な単語に目を険しくさせる。

「可愛《かわい》らしいという意味でゴザルよ。まさに天使でゴザル」

「可愛《かわい》い？　天使？　そ、そうですかぁ？」

演技が上手《うま》くいっているという事だろうか。可愛《かわい》いと言われ、どこか嬉《うれ》しくなる。

「試しに「にゃん」と言ってみてくださらぬか」

「はい？　にゃん？」

何かの用語だろうか？

「そう！　握った手を前にして猫のように！　そうすればもっと可愛いでゴザル！」

猫の真似《まね》をしろという事か。しかしそれで演技の精度が上がるならやぶさかではない。

「こ、こうですかにゃん？」

「ＦＯＯＯＯＯＯＯＯ！！！」

突然発狂したナード男《JB》に顔を引きつらせるクリスティ。これはどう見ても普通ではない。どうやらドラッグ中毒者の車に乗ってしまった様だ。

「失礼。英国紳士あるまじき醜態だったでゴザル」

「は、はぁ……」

急に冷静になる。躁鬱《そううつ》の激しいタイプのドラッグなのだろうか。

「そう、紳士は決して手をださず愛《め》でるだけでゴザル……」

しかしこのナード男《JB》。先ほどから視線が不自然だった。

心なしかチラチラとこちらを見ている気がする。

顔、というより胸元を見られている気がした。

(何だ……？　自分が着ているのは変哲もないシャツとパーカーだけだ。銃はホルスターに隠してあるし、不審な物はないはずだ。胸元というと……まさか骨伝導式の無線チョーカーを怪しんでいる……!?)

クリスティは首元に手をやり視線を嫌がるそぶりを見せる。

「はっ、見てないでゴザルよ！　ほんと見えなかったでゴザルよ！」

「見てた？　何の事ですか……？」

クリスティはさり気なくグロック66Sに手を伸ばす。

最悪の場合は排除しなくてはならない。

『クリスティちゃん。覗《のぞ》いてたのは胸だから気にしなくていいのじゃ～』

マーリンからの骨伝導通信。

胸？　と思うがクリスティは自分が少女の姿になっていた事を思い出す。

『さっきの萌《も》えとかいうのは、クリスティちゃんの姿に興奮してるって事じゃな』

興奮……このなんの起伏もない少女の体に。

「ッ！　この変態ペド野郎！」

羞恥に顔を染め胸元を隠す。別に人工素体《ミミック》の胸など見られてもいいはずだが、なぜか怒りが湧いてきた。

「だから見えなかったでゴザルよ！　クリスティ殿なんか顔が怖いでゴザルよ？　ほらスマイルスマイル……」

「あ？」

幼女演技による擬態も忘れ睨《にら》みつける。

「ひぃ！　先ほどまでの天使はどこに……やっぱり女子は怖いでゴザル。クラスの優しかった女子も拙者が告白するとゴミを見るような態度になったでゴザル……」

ナードJ男Bが何か過去を思い出したのかネガティヴに入っている。

今更きゃぴきゃぴした演技には戻れないし、この男には素で対応しても問題ないだろう。

「でもこれはこれでSっ気がある子で良いでゴザル……いわゆるギャップ萌《も》えでゴザルな。クリスティ殿、もう一度変態って言ってみてくださらぬか？」

「これ以上下らない事いうと潰すぞ」

「つぶ……」

ナードJ男Bは股をきゅっと閉めた。

「さささ、さぁーて拙者は何もやましい事のない英国紳士でゴザルからな。紳士は紳士らしくイブニングニュースでも見るでゴザルよ」

ナードJ男Bがわざとらしく空気を変えるため、カーナビの画面をワールド・ニュースに切り替える。

『――さて、昨夜未明のフランス・スイス国境付近での列車事故ですが、なんらかの犯罪者集団によるテロの可能性が高い事が軍関係者からの取材でわかりました』

女性アナウンサーがニュースを読み上げる。

画面には昼に録《と》られたであろう、橋の崩落現場の映像が流れている。

「この近くだったでゴザルな。拙者もスイスからの国境で検問を受けたでゴザル。人のキャンピングカーの中を見て「ファッキンクレイジーサイコパス」とは失敬な奴《やつ》らだったでゴザル」

「検問した奴《やつ》に同情する」

『しかし民間人の死者がゼロ人だったのが不幸中の幸いですねぇ』

コメンテーターの男性の言葉にクリスティは眉をひそめる。

『脱線を免《まぬが》れ緊急停止した車内には銃撃戦の跡がありましたが、被害者は一人もいなかったそうですね。現在警察と軍が犯人の足取りを調べています』

民間人に弾は撃たれていなかったのか。敵の死体に関してはレイチェル達が隠蔽工作をしたのだろうか。国家間での取引があったのかもしれない。

『仲間割れでもしたんですかなあ。テロだなんて本当に恐ろしい事ですよ。イタリアのニューヴェネツィアでも爆発事件があったばかりですもんねぇ』

『はい、またネット上では一連の事件は闇サイトで合衆国大統領の隠し子に賞金を懸けているから、といった噂《うわさ》も飛び交っています。無関係の女児が誘拐されかけるといった事件も起きているとのことで、視聴者の皆様もこういった嘘《うそ》の情報を信じないようにしてください』

バル・ベルデの事はメディアが調べればわかる事だが、無為に拡散させないように報道規制がされているのだろう。しかしネット上では一般人にも今回の件が知られていそうだ。

『いや〜殺人予告なんてネット上に星の数ほどされてますからねえ。私もＳＮＳであのコメンテーターをクビにしろ！　なんて書かれるのはしょっちゅうですよ。ＨＡＨＡＨＡ』

『そちらの予告に関しては現実になりそうですが』

『ハッハッハ……え？』

『続きましてフランスの地方風ミストラルの被害が――』

「ＨＡＨＡＨＡ．拙者もあのコメンテーターは嫌いだったでゴザル。アニメ好きの事を犯罪予備軍だなどと憎たらしくも云々《うんぬん》」

「お前を見ているとあながち間違いじゃないかもな……」

この男、ひとまず害はなさそうだが。

「……」

その後会話が途切れたのはたまたまか、あるいはニュースの……。

【フランス東部　エクス・レ・バン地方　ブルジェ湖　公衆浴場　2210時】

アルプス山脈を水源とするブルジェ湖。それを抱えるエクス・レ・バンという地名はエビアンと並びフランスを代表するミネラルウォーターの名にもなっている。

そして「レ・バン」とはこの地のある特徴を表すフランス語でもある。

即《すなわ》ち「温泉」である。

「わーい！　温泉なのじゃーっ！」

マーリンが一糸纏《まと》わぬ姿で温泉に飛び込む。

仰向けに浮かぶマーリンの姿は、緑の髪も相まって漂う海藻に見える。

「ちょっと！　体も洗わずにマナー違反でしょ！　髪もお湯につけちゃって！」

珍しく常識を口にするメアリーだが、自分も飛び込みたい衝動を抑えている様にも見える。

「まあ水着を着ない時点でマナー違反ですが……」

ルーシーの言う通り、ヨーロッパ圏の温泉地では水着を着るべきだが、当然水着など持っていない。自販機で買う事は出来たが、生体認証での引き落としは一つの懸《け》念《ねん》を生む。

「もし合衆国内に内通者がいるならば、水着を買えば一発で位置が特定されてしまうからな」

クリスティが思うに、列車での襲撃も自分達がカフェで生体認証を行ったせいなのかもしれない。

「こういう無人経営は現金決済しないですからね」

現金を置けば強盗の的になるし両替や回収といった人的コストも掛かる。世の中の大半が電子マネーや生体認証の口座引き落としだ。

「広い……」

ジブリールが感想を漏らす。

この公衆浴場は国が管理している無料の無人温泉だ。バックパッカーやドライバー向けの休憩所で、設備は最低限しかないが敷地《しきち》は広い。

キャンピングカーの中で風呂《ふろ》に入りたいとメアリーが喚《わめ》いたところ、ナード男《JB》が元々寄る予定だったというこの公衆浴場に車を走らせてくれたのだ。

ナード男《JB》の目は明らかに下心があったし、護衛任務中に温泉など危機管理意識ゼロなのだが、全身の焚《た》き火臭さやボサボサの頭は、明るくなってから街を歩くのに支障が出る為《ため》やむなしと判断した。

実際に着いてみて、今年から男湯女湯に分かれているのを知ったナード男《JB》はこの世の終わりの様な顔をしていた。

「遠隔機器の電波や無線の類は感知されないですね」

ルーシーがオッドアイを使ってチェックをする。万が一バル・ベルデがいても誰かに連絡した時点でルーシーの索敵に引っかかる。

「便利な目だな」

「これだけひらけていて電波の少ない場所なら、ですね。都市部だとあまり機能しません」

なだらかな山の中腹にあるこの温泉は、見晴《みは》らしが良く開放的な雰囲気だ。

「昔ジャパンの温泉に入った事があるが、あれはせせこましく感じてしまったな」

ヨーロッパの温泉はどれもプール並みの広さがある。夜なのでよく見えないが、昼はブルジェ湖が見渡せる絶景なのだろう。

「自分は温泉というものが初めてです」

ジブリールが述べる。

「俺もそんなに無いが、ふぅ、いいものだぞ」

クリスティは遠慮なく湯に浸《つ》かる。どうせ自分達以外に客はいないのだ。こんなシーズン外れの深夜の公衆浴場に女性客がいるはずもない。

「女……、おんな？」

クリスティは自分の姿を見て、その後に湯に飛び込もうか逡巡《しゅんじゅん》しているメアリーの姿を見る。

「そういやナチュラルに一緒に温泉入っているが、メアリーはいいのか？」

「え？」

言われてメアリーはクリスティ達とすっぽんぽんな自分を見る。

「あ……ああああ！」

メアリーの顔がみるみるうちに赤くなる。

「いやぁぁぁあぁあっ!!　変態！　けだもの！　ペド野郎！」

「今更気付いたのか……」

「もうどうでもよくないかのう？　マーリンは身も心も女の子だよ☆」

「あはは、まぁ気持ちはわかりますが……」

「これが温泉……気持ち良い……」

メアリーを除く全員が既に湯に浸《つ》かっている。

「何みんなして女湯に入ってるのよ！　さっさと出なさいよ！」

「といってもこの姿で男湯には入れないですしね」

「自分はもうこの湯からは出ない……！」

「ジブリールは相当気に入ったんだな」

皆特殊部隊にあるまじき完全なる寛《くつろ》ぎモードである。それを見せつけられては、温泉を渇望《かつぼう》していたメアリーとしては自分だけ入らないわけにはいかない。

「ああもうっ！　絶対こっち見ないでよね！」

「湖と星空って絶景があるのになぜ絶壁を見なきゃならん」

「ッ！　言ったわねクリスティ！」

身体的特徴を指摘されたメアリーは湯に飛び込み、掬《すく》った湯をクリスティに浴びせかける。

「ぷぁっ、ま、まて！　耳に入る」

「水かけっこマーリンも交ざるのじゃ〜！」

「ちょ、きゃあ！　やったわね！」

ばしゃばしゃと水音と嬌声《きょうせい》が入り混じる。

「あれは何を……？」

ジブリールが不可思議なものを見る目でルーシーに問う。

「あー……まあ、温泉のお約束ですよ。子供限定ですが。精神は肉体に引っ張られるといいますが、そういう事なんでしょうか」

「ふむ……」

静観していたジブリールが手に湯を掬《すく》い、ルーシーの顔にかける。

「わぷっ⁉　ジブリールさん……？」

「擬態するならこうするのが自然……」

「ふっふっふ……。いいでしょう。私もハンドウォーターガンは子供の頃に極めましたよ」

ルーシーは水中で手を組み水鉄砲の構えを取る。

かくして、少女五人による水遊びが星空の温泉のもと繰り広げられた……。

【フランス東部　エクス・レ・バン　ブルジェ湖　公衆浴場　駐車場　2300時】

「はあ、無駄に疲れたな……」

公衆浴場のフロントから出てきて肩を回すクリスティ。

他の皆も続いて出てくる。肩を回したのは外の安全が確保されている事を示すサインだ。

「さて、あいつはと……」

ベンチでナード男《JB》がペーパーフォンを見ている。先に上がって待っていたのだろう。

ペーパーフォン。つまり連絡手段。

「ルーシー」

クリスティが声をやる。オッドアイでのチェックの要請だ。

「通話はしてないようですね。単なるネット閲覧かと」

「ふむ、少し過敏に思い過ぎているか。あんな男がバル・ベルデなわけもないし」

「彼が利用者でなくても、居場所の情報だけでも買う連中はいます。私が任務に就く前すでにマフィアンサイトではそういうフォーラムもありましたから」

「一般人までもが監視の目になりうるという事か。ヘビーだ……」

そうなるとここにきてルーシーが頼りに見えてくる。人工素体《ミミック》の技術士官と言ったが、情報戦のエキスパートでもあるのだろう。出会った当初の緊張しておどおどした口調も抜けた様に思える。

「やーやー皆様方！　湯加減はどうでゴザったか」

ナード《JB》男がこちらに気付く。

「とっても良い温泉だったのじゃ！」

マーリンが親指を出すサムズアップで答える。

「そうでゴザろう。仕切りを隔てて微《かす》かに聞こえてくる少女達の嬌声《きょうせい》……。拙者のエクスカリバーも思わずサムズアップして……」

「使い物にならなくしてやろうか……？」

「ひぃ！　クリスティ殿！　まだ使った事もないのに殺生《せっしょう》でゴザル！」

「ねえ、そろそろ眠いんだけどホテルはどこなの？」

風呂《ふろ》上がりで夢うつつなメアリー。

「ホテルも何もそのためのキャンピングカーでゴザルが」

「冗談でしょ……？」

「拙者の様な糞《くそ》ナード男が少女と一つ屋根の下で寝られるとは夢のようでゴザル。貯金をはたいてキャンピングカーを買って良かったでゴザル！」

「悪夢だわ……」

「同情はするが今はそれしかない」

クリスティは慰めの言葉をかける。実際この状況では生体認証が要求されるホテルなんか泊まる事は出来ない。

「私達はリビングルームで寝るからアンタは運転席から出てこない事！　クリスティは助手席でこの男が変な事しないか見張っててね」

「オーライ」

元よりそのつもりだが、列車の時は一緒の部屋で寝るのを拒否したメアリーが、私達はリビングルームで寝ると自ら言ったのは変わったなあと思うクリスティであった。

【フランス東部　キャンピングカー内　0010時】

「まだ寝てなかったのか」

クリスティはたまたま目が覚めた風を装《よそお》ってナード《JB》男に探りを入れる。

ナード《JB》男はペーパーフォンでずっとネットを閲覧していた。

「これは失敬。起こしてしまったでゴザルか」

「眠りは浅い方だからな」

「助手席だとうまく寝れないでゴザろう？」

「地べたで寝るより大分マシだ」

実際、見張りなど関係なくクリスティが寝られるスペースはこの助手席だった。

キャンピングカーのリビングルームの構造は両サイドのソファがスライドして大型のベッドになるタイプだ。

小柄な少女とはいえ四人も川の字に寝たら埋まってしまう。

「後ろは皆ぐっすりでゴザるな」

「疲れてたんだろう」

実は交替で一人は起きている。この時間はルーシーだ。任務中に寝る時は必ず二人は見張り番をする。

「あんたも運転で疲れてるんじゃないのか」

「疲れてるでゴザルが、このシチュエーションに興奮して寝付けないでゴザルよ」

「……」

クリスティは無言で毛布を首元まで上げて体をカバーする。

「もちろん拙者は何もしない紳士でゴザルよ⁉　故に寝落ちをしようと延々とネット掲示板を見ているのでゴザル」

「何が書いてあるんだ？」

「他愛のない事でゴザルよ。新型ペーパーアイフォンのリーク画像とか、ファイナルファンタジーXXがまた発売延期になったとか」

「平和だな」

「あとはさっきニュースでやっていた事でゴザルな。犯罪組織が大統領の娘を狙っているそうでゴザルな」

クリスティに緊張が走る。決して表には出さないが、万が一の可能性を考慮する。

「そんなに話題なのか？」

「普通のSNSサイトじゃ噂話《うわさばなし》しかないでゴザルが、ディープウェブのSNSでは信憑性《しんぴょうせい》が高い話題として語られているでゴザルなあ」

(ディープウェブのSNS……)

クリスティは発声するかしないかの音量で喉を震わせる。それは骨伝導を通しクリアな音声でルーシーに届く。

『見ているのはバル・ベルデとは関連のないSNSの様ですね。まあその先のダークウェブにあるバル・ベルデでもある程度パソコンに詳しければ一般人でもアクセス出来ますが』

確かにパソコンに詳しそうな風貌ではある。

「懸賞金五千万ドル。有力情報でも十万ドル。凄《すご》いでゴザルなあ」

その有力情報云々《うんぬん》はバル・ベルデのサイトには無かったはずだ。懸賞金を狙うどこかの組織が独自に懸けたのだろう。メアリーを捕らえる網がアウトローだけでなく一般人にまでジワジワと広がっていく。

「……子供一人に大人気ないな」

「全くでゴザル！　少女誘拐など断固許せないでゴザル！」

一時の正義感ではそう言えるが、大金が目の前にあるなら、人は簡単に悪魔になれる。特に治安維持活動で荒れた街に赴いた事があるクリスティは人が非道に落ちる簡単さを知っている。

『バル・ベルデの列車襲撃事件。その近くでヒッチハイクをした少女達。列車に大統領の娘が乗っていた、という情報が流れていたとしたら、この人が私達の正体に辿《たど》り着く可能性はありますね……』

骨伝導無線でルーシーが分析を報告する。

いずれにせよ、これまで以上に気を抜けなくなったという事だ。

暗闇の中、ペーパーフォンを見つめるナード男《JB》。その口数が少なくなったのは、単に眠くなったからか、それとも……。

【フランス東部　国道916号線　平野部　0930時】

フランスの地理的特徴はその平野にあると言っていいだろう。

見渡す限りの平原、牧草地、あるいは畑とたまに森が広がり、それらの中を一本の道路が通る。道を進むと町や村が点在する。こうした景色が延々と広がっているのがフランスだ。パリの様な華やかな都市部は全体の一割にも満たない。

第二次世界大戦時代。ナチスドイツが大量の戦車と航空機を用いた電撃戦で首都パリまでの快進撃を行えたのはこの平坦《へいたん》な地理的特性のお陰でもあった。

そんな開けた一本道をキャンピングカーが走っている時だった。

『5㎞前方に集団あり』

ジブリールからの報告。クリスティは朝食代わりのチョコバーを呑《の》み込み、運転席のナード男《JB》に聞こえない様に返答する。

「構成と服装は？」

『五人。男性と思われる。服装は農夫姿のシャツにズボン。猟銃を所持。道を検問柵で塞いでいます』

ジブリールはキャンピングカーのサンルーフから顔を出して報告している。ナード男《JB》には外の景色に興味がある為《ため》と言っているが、実際はこの様な素敵と見張りの為《ため》だった。

「検問？　地元住民が？」

『自警団、かもしれませんね』

リビングルームのルーシーからだ。

「自警団だと？」

『元々フランスでは領主制の名残でその地域毎《ごと》に自警団が組まれた歴史があります。広大な土地を管理するために今でも寄り合いがあったりしますが』

公的機関である警察は土地の見張り番ではなく犯罪を取り締まるのが仕事だ。自分達の土地は自分達で守る意識が強いのだろう。

「それが現代も続いていると」

『一時は廃れた様ですが二〇一五年あたりから復活します。発生した中東難民が地中海を超えてフランスに押し寄せてきたからです』

なるほど。そういえば昔そんな事があった。そしてそれは始まりに過ぎなかった。

『後に起きた第三次世界大戦でさらに移民難民は増加。それに伴い自警団も強化。地域によっては警察よりも武力を持っているそうです』

そこまで行くとマフィアに近い。マフィアも自警団発祥ではあるが。

『自警団がわざわざ銃持って検問の真似事《まねごと》をして何をするのかの～？』

マーリンが白々しくも言う。

「狙いはメアリーか……」

単なる一攫千金《いっかくせんきん》を夢見た一般人の集まりか。あるいはバル・ベルデの一員が交じっているのか。もちろん田舎の野菜泥棒など全く別の検問の可能性もあるが、のんきには構えられない。

ナード男《JB》一人に少女が五人。こんな田舎道を走っているのは不審がられるか。

『仮にその場を誤魔化せたとしても、バル・ベルデに私達の情報が提供される可能性があります。有力情報だけでもお金が貰《もら》えますから』

　そうなるとマズイ。列車を最後に今まで襲撃されなかったのはバル・ベルデの捕捉網から外れる事が出来たからだ。もし足取りを掴《つか》まれてしまったらまた襲撃が始まり、十分な装備を持っていないクリスティ達は反撃する事が出来ない。

『折り返すか、隠れますか？』

　向こうから顔を見られないようジブリールがサンルーフから降りてくる。

「いや、どちらも難しいだろう」

　相手側からも遠目にキャンピングカーの姿は見えているはずだ。ここで一本道を折り返せば怪しいですと言うようなものだ。隠れるにしても車内に五人が隠れられるスペースなど無い。

　他の手としては車から降りて平原の草むらに身を隠すか……。

　しかしナード男《JB》にどう説明する？　こいつにもばれたら終わりなのだ。

　そうこうしている間に助手席のクリスティにも検問が見えてきた。つまり運転しているナード男《JB》にも見えているという事だ。

「最悪の場合は、全員を排除する」

　懐《ふところ》のグロック66Sに手をやる。

　検問は五人。ハンドガンでも至近距離ならやれない事はない。本当に最悪の場合はナード男《JB》

もだが……。

「あれは検問でゴザルか……？」

「そうみたいだな」

ナード《J》男《B》も気づいたみたいだ。

平静を装《よそお》って答える。

「ところでクリスティ殿」

「なんだ？」

「誰が大統領の娘さんでゴザルか？」

「ッツ!!」

グロックを握る手に力が入った。

【フランス東部　国道916号線　簡易検問所　ジャスティス　0937時】

「降りて中をみせろ」

リーダー格と思われる男の威圧的な声が聞こえる。

「な、なんなんでゴザルか？」

ナード《J》男《B》が驚いたふうに抗議する。

「ただの野菜泥棒探しだ」

「銃なんて持って物騒でゴザルなあ」

「へっへ、なんせ一攫千金《いっかくせんきん》だからな」

「おいっ」

「とにかく中を見せて貰《もら》う。なに、すぐ終わる」

複数の男の声。

「ま、待つでゴザル！」

「ああ？　何か見られちゃマズイもんでもあんのか？」

「なあ、もしかしたらよ……」

「おう。オラさっさとどけよ！」

「やめるでゴザルー！」

そしてキャンピングカーの扉が開かれる。

「こ、こいつは……！」

「マジかよ……」

「ひでぇ……」

男達の目にはこの世の物とは思えない惨状が映っているだろう。

キャンピングカーの中はアニメや漫画のポスターやフィギュア、グッズが多数。

しかし一番目を引くのはそのテーブル。

テーブルの上には複数のお皿に空のティーカップ。

それを取り囲み、お茶会でも楽しむ様に、アニメキャラがプリントされた抱き枕が何体も両脇のソファに立てかけられている。

それはまるで、抱き枕で妄想し、おままごとをしているような……。

「なんて……なんて悲しい光景なんだ……」

「神よ……。何が彼をここまで狂わせたのか」

「ファッキンクレイジーサイコパス……」

自警団の男達は憐《あわれ》みの目をナード男《JB》に向ける。

「な、何か文句あるでゴザルか！　皆拙者の可愛《かわい》い愛娘《まなむすめ》でゴザル！　銃なんて持つから気弱なエリィちゃんが怖がっているでゴザル！　今日はせっかくマリリンちゃんを迎えてのお茶会の日だったのに台無しでゴザル！」

「おい、ヤべぇよコイツ目がイってるよ」

「友達の兄貴がクスリやってた時に似た様になったのを見たことある」

「招待状を持ってない人はお茶会に来られないでゴザル！　早く帰るでゴザル！」

「あ、ああ……邪魔したな……」

男達はドン引きしながらキャンピングカーを降りていく。

「あの、なんつーか、良《い》い旅をな」

「今日も皆と楽しいドライブでゴザルよ！　ＨＡＨＡＨＡＨＡＨＡ！」

キャンピングカーが走り出す。

しばらく走ったところでナード男《JB》が声を掛ける。

「……もう大丈夫でゴザルよ」

それを合図に抱き枕のチャックが一斉に開けられる。

「ぷはっ、あー……最悪の気分ね」

「このキャラ可愛《かわい》いのじゃ～」

「動かないようにするの大変でしたね」

「……息苦しかった」

メアリーをはじめ皆それぞれ顔を出す。

「まさかこんな方法で突破出来るとはな……」

クリスティは抱き枕を脱ぎ捨てる。

「ニンポー空蝉《うつせみ》の術でゴザルよ。いや、この場合中身があるので逆でゴザルか……？」

検問所に着く前、ナード男《JB》がクリスティに言って棚から取り出させたのは大量の抱き枕カバーであった。

その中にクリスティ達が入る事により検問の目を逃れたのだ。カモフラージュの為《ため》に本物の抱き枕もいくつか配置していた。

「よくこんなに抱き枕カバー持ってるの～」

「壁紙代わりとしてもとても良《い》い物でゴザルからな。拙者の部屋は壁一面が抱き枕カバーで埋め尽くされているでゴザルよ」

「お、落ち着かなそうですね……」

マーリンは興味を持っているが、ルーシーをはじめとした他のメンツはドン引きであった。

「……なぜ俺達を助けた？」

クリスティが警戒を解かずに言う。

ナード男《JB》にはもうメアリーの事がばれている。検問所で突き出さなかったのは、口封じで殺されないための保身や懸賞金の独占を図っての事かもしれない。

ナード男《JB》は車を運転しながら前を見て答える。

「普通に考えたら理由は色々あるでゴザルな。現実感がなくて考えあぐねているとか、もっといい機会を窺《うかが》うとか、リスクに怯《おび》えているとか、女の子でも五人には勝てないとか。そもそもなんで大統領の娘さんがこんな所にいるのか疑問もあるでゴザルが……。ただ一つ、最も単純で大事な理由があるでゴザルよ」

「なんだ？」

「小さくて可愛《かわい》い女の子を金で売っちゃいけないでゴザル」

「なっ……」

クリスティは兵士として数多くの戦場を渡り、数多くの非道を目《ま》の当たりにしてきた。治安維持が必要な街では子供は労働力か性処理道具として扱われていた。戦争を経験した兵士はそうした人の本性や醜悪さをまともに受けて疑心暗鬼になってしまう。

つまりそれは、クリスティが失念していた常識だった。

「ジャパンにはこういう言葉があるでゴザル」

「それは……？」

「可愛い《kawaii》は《is》正義《justice》」

「可愛《かわ》いは正義……」

「ゆえにこのジャスティス・ビーン。この名に誓って正義に背く事は絶対にしないでゴザルよ！」

周りは全員敵だと思い込んでいた。

それは作戦行動中の特殊部隊員として当然の考えだが、少しだけ人の善意に触れた気がした。

【フランス西端　コンカルノー沿岸部　２２３０時】

護岸工事がされた海岸線の道路。かつては漁業が盛んで観光地でもあったコンカルノー市街だが、戦争中の爆撃によりその趣は一掃され、白く殺風景なコンクリートが続く。当然、人の気配は無い。

「こんなところでいいのでゴザルか？」

「ああ、こんなところまで運んでもらい感謝する。旅の途中だったんだろ」

「丁度イギリスに帰るところだったでゴザル。ドーバー海峡を渡ればすぐでゴザルよ」

「それでも遠回りだろ」

結局、ナード男《JB》もといジャスティスには目的地であるコンカルノーまで運んで貰《もら》った。

詳しい事情は話さなかったが、道中賑《にぎ》やかに過ごした。

「では、楽しい旅だったでゴザルよ。また会えたら嬉《うれ》しいでゴザル～！」

「ああ、機会があったらな」

「アニメのおじさん、またなのじゃ～！」

遠ざかるキャンピングカーにマーリンが手を振る。

また、と言ってももうクリスティ達がジャスティスに会う事はないだろう。少なくともこの姿では。任務が終わればこの人工素体《ミミック》も脱ぐことになる。そして任務の終わりはすぐそこまで来ているのだ。

「ようやくここまで来たな……」

「あの出島がそうですね」

海岸線から大きなコンクリート橋が沖に延びており、その先にはまたコンクリートで埋め立てて造られた人工島がある。

あれが在欧合衆国軍コンカルノー基地だ。

二本の大型滑走路と空母も寄港できる港がある。

「最後まで気は抜けないが、まさか辿《たど》り着けるとは思わなかったな」

「ちょっとどういう意味よ！」

メアリーが食って掛かる。

「色々ありましたもんねぇ……」

「色々あった……」

ルーシーとジブリールも同意する。

何度死に掛けたか、何度もう駄目だと思ったか。同じくらい過酷な戦場の経験はもちろんあるが、こんなイレギュラー続きの長旅は初めてだった。

「マーリンは楽しかったけどの～」

「冗談に思えないのが怖いな」

「メアリーちゃんは楽しかったのじゃ？」

「はぁ？　命が狙われてるのよ、楽しいわけ……」

メアリーは途中で言葉を詰まらせて海を見る。

思えば始まりも海だった。水上バイクに乗って、街でスイーツを食べて、列車に乗って、山で野宿をして、キャンピングカーに乗り、温泉に入り、ドライブをして。

襲撃されて死に掛けたという点に目を瞑《つぶ》れば、それはひと夏の旅行、いや冒険だったのではないだろうか。中身に目を瞑《つぶ》れば、同年代の女の子五人で。

「いやいや、死にそうになったし、疲れたし、キモいし、死にそうになるし、色々と最悪だったし……」

メアリーが指折りで不満点を上げる。死にそうだった事はツーカウントだ。

「でも、まあ、楽しかった……わよ。一応、ね……」

目を逸《そ》らしほのかに赤面するメアリー。

「ありがと……」

その言葉に、その場にいた全員の頬が緩んだ気がした。

【コンカルノー在欧合衆国軍基地　大桟橋前正門　2250時】

人工島の基地に至るまでの長い大桟橋。その入り口は鋼鉄のゲートで封鎖されている。

「えーと、お嬢ちゃん達こんな時間にどうしたのかな？」

守衛の男性兵士が困り顔で問い掛ける。ゲートの詰め所にいる同僚に目をやっても「子供のお守りはごめんだ」と言う様に首をすくめるジェスチャーを返されている。

「北大西洋に展開している第六艦隊所属、原子力空母バラック・オバマの艦長フリーマン中将に子供が来たと伝えて欲しい」

クリスティが言う。

守衛は一瞬目を丸くしたが、次いで盛大に噴き出した。

「HAHAHA！　確かに子供が来ているけどね、お嬢ちゃん。中将っていうのは偉い人なんだ。それにこんな時間に訪ねるのは失礼なんだぞ？」

予想通りの反応に落胆するクリスティ。それはそうだ。こんな事を真に受ける兵士がいたら逆に頭の心配をしたくなる。ただ最終受け入れ先であるフリーマン中将がこの基地に「子供がきたら取り次ぐように」などの伝達をしていないかと期待したが、無駄だったようだ。

「ちょっとクリスティ、全然駄目じゃない」メアリーが肘で突《つつ》いてくる。

「はぐれた際の伝達方法を考えておくべきだったな……」

そう、クリスティ達は直前まで忘れていたのだ。案内役のレイチェルやシークレットサービスが不在の状況で、子供だけで基地に訪ねても中に入れないという事を。

ここまでくれば素性を明かすのも止《や》む無しだが、大統領の娘を連れてきたといって信じて貰《もら》えるかどうか……。

「おい！　そーいや大統領府《ワシントン》のねーちゃんが子供が来たら連絡してくれって言ってなかった

か？」

詰め所でテレビを見ていた男が守衛に声を掛ける。

「そんな引き継ぎあったか？」

「口頭だけだがよぉ、ともあれ警察に補導してもらうにしても、一応上に報告しておくぞ」

クリスティは詰め所の男の、見た目に合わない真面目さに内心ガッツポーズする。

程なくして、大桟橋に一台の軍用トラックが到着した。

「意外と遅かったわね」

中から登場したのは大統領秘書のレイチェルだ。列車襲撃で死んだとは全く思ってなかったが、こう先回りされていると何か負けた気になる。

「主賓は遅れて到着するものだろう。サービスレディ？」

「まあ乗りなさい」

皮肉もさらりと受け流されトラックの荷台へと促される。

「幌《ほろ》が鉄板タイプのＭＴＶＲトラックなんて随分大掛かりですね」

ルーシーが物珍しげに車体を見回す。

７ｔ車の中型戦術車両であるＭＴＶＲは六輪駆動のタフな軍用トラックだ。

荷台は通常の布製の幌《ほろ》でなく、ご丁寧に防弾仕様の鉄板タイプ《Armor Protection Type》だ。見た目はコンテナ車に近いだろう。

「オープントップじゃない車両でこの人数が乗れるのとなるとね。基地の皆に姿を見られるのは良くないでしょう？　まあ明日には守衛の二人が言いふらすだろうけど、このまま輸送機まで行ってすぐに飛び立つわよ」

「オーライ」

クリスティ達が荷台の後ろに回ると、後部ハッチが開きフル装備に身を包んだ男三人が出迎えた。

「隊長。無事でしたか」

「お前ら……。そっちこそ無事だったか」

男達は列車で助けてくれた元チームメイトのスピルバーグ、ルーカス、キャメロンだ。

ヘルメットをしているから一瞬誰だかわからなかった。

「その身長じゃ上がれないでしょう。俺らがお手伝いしますんで」

無理をすればよじ登れなくはないが、メアリーもいるし厚意に甘えるとしよう。

「ああ、助かる」

スピルバーグが荷台から降り、クリスティ達を持ち上げキャメロンに受け渡す。ルーカスは周囲の警戒をしているようだ。

こうしてみるとまるで誘拐した少女達をトラックに積み込んでいるみたいだ。

「全員乗ったわね。発進するわよ」

最後にレイチェルが運転席に座りトラックをゆっくりと走らせる。

そこまでの状況の進行があまりにもスムーズだったので、クリスティはその違和感に気付くのに遅れた。

ヘルメットにハードマスク、アーマー、アサルトスーツといった特殊部隊フル装備の三人。それはわかる。万が一基地内で襲撃されても備えがあれば安心だ。いつでも車外に身を乗り出して迎撃出来る。

しかし持っている銃はいつものアサルトライフルM5A2、ではない。まあ特殊部隊用の新世代ライフルだから、この基地では用意が出来なかったのだろう。

代わりに持っているのがドイツのヘッケラー&コッホ社製MP7A3。MP（Machine Pistol）の名の通り、見た目は大型のピストルに肩当てストックと持ち手のグリップ、そしてサブマシンガンのマガジンを付けた様な銃だ。取り回しがよく狭い室内での戦闘に定評のあったMP7の改良型。

つまり、狭い室内で、敵を制圧する銃である。

フル装備の三人はハッチ側。クリスティ達は奥側に押し込まれた形……。

「しかし生きててよかったっすよ。隊長があの程度でくたばるなんて思ってなかったですけど」

「あ、ああ」

スピルバーグが軽い調子で話しかけてくる。

ただの思い過ごしか。そう思いかけた矢先、

「ねー三人ともさー」

マーリンが唐突に口火を切った。

「——なぜ銃の安全装置が外れておるのかのう？」

三人に一瞬だけ走った僅かな動揺。それをクロと見なし、マーリンはハンドガンM45A1を取り出してスピルバーグの顎に突きつける。

「動くでない。45口径じゃ。マスク越しでも顔を吹き飛ばせるぞ」

次いでクリスティとジブリールがハンドガンを構える。ワンテンポ遅れてルーシーも。

「え、ちょ、なんなの？　みんなして……」

メアリーだけがこの状況についてこられてないようだ。

「メアリー。後ろに下がって少し黙っていてくれ」

クリスティの只《ただ》ならぬ声にメアリーはおずおずと従う。

「へへ、クリス隊長。こりゃなんの冗談ですかい？」

ズダンッ！　と重い銃声が響く。

「ぐぅっ……！」

マーリンがスピルバーグの肩に向けて発砲したのだ。

そのまま彼の顔面に銃口を固定する。

「ワシは動くなと言った。他の二人も銃を捨てろ」

「断る」

「ッ⁉」

キャメロンの言葉にマーリンはそのままスピルバーグの顔面へ発砲。

キャメロンとルーカスがタックルを仕掛けてくる。クリスティ達もハンドガンを撃つが、アーマーやヘルメットに弾《はじ》かれて怯《ひる》む様子がない。

一番前にいたマーリンとクリスティがタックルをもろに受け、後ろのジブリールとルーシーを巻き込んで荷台の奥まで吹き飛ばされる。

「無駄な抵抗はやめるんだ」

ルーカスが警告しながらキャメロンと共にMP7A3をこちらに構える。

抵抗しようにも現代の最新アーマー装備相手にハンドガンは無力である。それこそ、先ほどのマーリンの様に顔面に45口径を突きつけるぐらいしなければ……。

「おー痛たた……顔に45口径はさすがに堪えるなあ」

顔面を撃たれたはずのスピルバーグが痛がるだけで立ち上がる。破壊されたハードマスクの下には、破けた皮膚とチタン製の歯と頬骨が見えた。

「あれは、タイプW戦闘用素体《ターミネーター》……！」

素体技師でもあるルーシーが呟《つぶや》く。Type war 戦闘用素体。一般人への擬態や生活の利便性を排除した最前線の戦争専用の人工素体《ミミック》だ。皮膚の下は全身チタン骨格といった外見から昔の映画を模してターミネーターと呼ばれている。

今のクリスティ達の火力では完全に打つ手がない。

「どういうつもりだ……？」

クリスティが他の隊員を下がらせ睨《にら》みつける。

スピルバーグ達が金目当てに裏切った？

いや、特殊部隊員は裏切りや引き抜きを防止するために不自由ない金を貰《もら》っている。投資やギャンブルで破産したとしても口座を監視されているのですぐに事情聴取が入る。

「レイチェルもグルなのか……？　答えろ！」

ブレーキが掛かる。目的地に着いたのか、それとも。

後部ハッチが開き運転していたレイチェルが現れる。

「……彼女は優秀なシークレットサービスだったよ」

しかしその雰囲気はまったく異なるものだった。

「拘束し、尋問に移る前に自決した」

「なっ……」

自決。レイチェルが既に死んでいた？

「こちらとしては生体データが取れればそれで十分だったがね」

荷台に乗り込み、全身をさらすレイチェル。

否《いな》、こいつはレイチェルではない。

「生体データ……まさか、レイチェルさんをコピーした人工素体《ミミック》ですか⁉」

ルーシーが問いかける。

「ご明察だ」

レイチェルが捕らえられたのは恐らく列車襲撃の後。仲間だと思っていたスピルバーグ達に捕らえられたのだろう。

「仮にメアリーさんを誘拐出来ても軍やシークレットサービスの捕捉を振り切って国外へ出る事は不可能。だけどレイチェルさんなら誰にも怪しまれず軍の空港から飛び立てる……」

ルーシーの推測は当たりだろう。しかしそれよりもまず聞いておくべき事がある。

「お前は……誰だ」

目の前のこいつはレイチェルではない。素体に入った全くの他人。

「――マイセルフ」

イタリアの港で、かつてレイチェルが口にした名前と同じ。バル・ベルデに懸賞金を出し、今回の大統領襲撃事件とメアリー誘拐の首謀者。

「私は私自身《マイセルフ》。そう名乗らせてもらっている」

「はっ、敵の親玉が直々に何の用だ」

「スカウトだよ。ブラザー」

「わっつ？」

　こいつに兄弟などと呼ばれる筋合いはない。しかし冗談や皮肉の様な感じもしない。むしろ親近感を抱かせる口調だ。

「君達は窮地を何度も潜《くぐ》り抜け無事ここまで辿《たど》り着いた。仲間になってくれると心強い」

「ふざけているのか……！」

　合衆国を裏切って悪役に与《くみ》するなど、この場を切り抜ける方便にしても承諾出来ない事だ。

「隊長。話を聞いてください」

「スピルバーグ……」

　まさか元チームメイトのスピルバーグ達も、こいつの甘言に惑わされたのか。自白や洗脳に対して訓練を積んだ特殊部隊員に限ってそんな事が……。

「隊長。俺の名前を知っていますか？　スピルバーグというコードネームでは無く」

　元隊長として、元隊員の名前は知っている。

「……アラン・グラント曹長だ」

「はい。ですがそれもニューデルタフォースに配属された時に付けられた偽名です」

　それも知っている。クリスティの元の名前、クリス・アームストロングも偽名であり、退職と同時に抹消される。特殊部隊員は家族や親戚が人質や報復の対象にならないよう、徹底した情報秘匿がされている。秘匿というよりは絶縁に近いが。

「俺の元の名前はアレックス・カーツマン。自分でも忘れていたぐらい馴染《なじ》みの無い名前です。俺はあと十数年経《た》ったら軍を退役して、アレックスとして軍人年金を受け取りながらガンショップの店員か、スーパーの警備員でもして過ごします。親類はいません」

スピルバーグがチタンの顔を手で覆う。

「国は、俺に色々な役をやらせて、今度はアレックスという民間人を演じろっていうんですよ……。なら、「俺」は一体なんなんですか⁉」

「スピルバーグ、お前……」

「その名前は俺じゃない！」

「っ……！」

アイデンティティクライシス。素体化手術を受けた兵士に発症する、自己喪失症。

「大丈夫。君は君自身《ユーユアセルフ》だ」

マイセルフが優しく諭す。慈愛に満ちた表情と声の抑揚。

「私も同じだ。その昔、私は連邦のＳＶＲと合衆国のＣＩＡのダブルスパイをしていた。名前を変え顔を変え、奇術師の様に変幻自在にね。当時はまあ、楽しかったさ。インテリジェンスとして世界をコントロールしているような、自分は人とは違うんだというような、優越感を持っていた。祖国に対する帰属意識も多少はあった。私の働きで国が有利になる事が誇らしかった。しかし、第三次世界大戦で祖国は東西と中央の三国に分裂し、都合の悪いスパイ活動を隠蔽する為《ため》に私の功績や存在は完全に抹消された。戸籍もだ。私は誰でもなくなってしまったんだよ」

レイチェルの皮を被《かぶ》った、何者でもない男が哀《かな》しい眼《め》で語る。

「人は常にどこかに属している。家族、友人、学校、仕事、趣味、あるいはネット上の集まり。それらが自己《マイセルフ》の像を作っている。仮に周囲との関係が希薄であっても、自分の名前と顔によって自分自身が自己を認識する。私にとっては名前も顔も数ある仮面の一つに過ぎない。それは兄弟も同じじゃないか？」

急に言葉を向けられたクリスティは一瞬言いよどむ。

「俺が同じだと……？」

「人工素体《ミミック》で顔と体、名前も変えている。クリスティ！　……と、呼ばれて兄弟は今自分の事だと思ったはずだ。しかしそれと同時に、自分は本当はクリスティじゃないと頭では思っている。任務の為《ため》の仮の姿だと。本当の自分は違うと。では本当の自分とは誰だ？　少女じゃなければ男なのか？　その姿でいて自分が男か女か考えた事はないか？　性別とは精神か？　肉体か？　自分は一体どっちなんだと思った事は？　何がお前を決定づける？　お前を表すものはなんだ？　国民ＩＤ？　顔？　名前？　そんなものは作り物だ。人工素体《ミミック》になる前の肉体、ただのタンパク質の抜け殻、それが自分だったと思えるか？　お前は誰だ？　お前は誰なんだ？

答えるんだ！　クリスティ！」

　この任務の間、自分という存在が曖昧に思えた事が無いとは言えない。

　少女の素体に入り、少女として過ごし、今は少女である事に違和感を覚えていない。

　自分とは何だ。今までの肉体、今の肉体。その中にある精神さえも、こうも簡単に変質する。

「答えられないのか？」

「俺は……」

　だが、それは自己を喪失したわけでは決してないはずだ。

「俺は俺だ。名前や姿が変わっても信念は変わらない……」

「ならばその信念はなんだ？　国に人生を奪われてまで戦う理由は？　合衆国への愛国心か？」

「そんな大層なものは持っちゃいない」

　メアリーを護衛するこの任務で、自分が軍人になった当初の志を思い出した。

「俺はハリウッド映画が好きで、そこに登場する正義のヒーロー達がヒロインや子供達をクールに助けるのに憧れていた。それだけだ」

「正義のヒーローだと？　軍人なら理解しているはずだ。子供が夢見る様な道徳や倫理に根差したイデア的な正義は存在しない。自らの所属する集団の利益に繋《つな》がる行為が正義だと」

　そんな事はわかっている。全ての人に通じる普遍的な正義なんて無い事は。

しかし、この旅で世話になった変態オタク野郎が単純な事を言っていた。

「可愛《かわい》いは正義……。そう、可愛《かわい》いは正義だ。当たり前な事だ。小さな女の子を害する奴《やつ》は悪だ。その悪の前に立つのが俺だ！」

クリスティは突きつけられている銃に怯《ひる》む事なく、屹立《きつりつ》し悪を睨《にら》みつける。

それに呼応するように、他の隊員らも立ち上がる。

「自分は孤児院の家族や戦場の仲間の為《ため》に」

ジブリール。

「ワシが誰かとか考えた事もないのう」

マーリン。

「私はサイエンティストなので、自己には元々興味ありませんね」

ルーシー。

皆、自己喪失症など発症しない。各々《おのおの》思っている事は違えど、こんな悪党に惑わされたりはしない。

「そうか……君達はそうなんだな……」

マイセルフは顔を伏せ、次第に肩を震わせて笑い声を零《こぼ》す。

「ククク……素晴らしい！　素晴らしい！」

マイセルフが拍手をする。

「それでこそ、私と対峙《たいじ》するにふさわしい」

奴《やつ》は心底嬉《うれ》しそうな顔でそう言った。

「お前は何が目的だ……？」

メアリーを誘拐するにしても手段が迂遠《うえん》過ぎだ。そもそも誘拐した後どうするつもりなのか。

「──私はね、歴史の教科書の一行になりたいんだよ」

「……は？」

「多くの人々に私を語り継いでもらいたい。マイセルフという悪党が第四次世界大戦を引き起こしました、とね」

それは究極の自己顕示欲。自分自身《エゴ》を喪失した男《無き者の》承認欲求《エゴ》。

「その為《ため》には歴史の証人が必要だし、それを阻止しようとする正義の味方が必要だ」

狂っている。常識の論理では動いていない。

「──だからそれを君達に担《にな》って貰《もら》う事にしよう」

「ふざけッ……」

クリスティが摑《つか》みかかろうとした瞬間。床に見慣れた円筒形の物体が投げられる。

スタングレネード。

「ッ!?」

反射的に背を向けて耳を塞ぎ目を瞑《つぶ》る。

しかし予想した音響と閃光《せんこう》は襲来せず、代わりに背中に鋭い衝撃が撃ち込まれる。

次に襲ったのは急激な眠気。スタングレネードはブラフで麻酔銃が撃ち込まれたのだ。

「明後日《あさって》の九月一日。グリニッジ標準時でいう零時。戦争の狼煙《のろし》を上げる。第二次世界大戦と同じ日付だ、後世の学生は覚えやすいだろう」

「こ……の……」

血が出るまで唇を食いしばり、痛みを与えても睡魔は取れない。いや、睡魔などという気力で抵抗出来るものではない。麻酔銃とはそういうものだとクリスティは知っている。

素体ならば神経伝達のカットぐらい……いや、これが人間性の担保の結果か……。

「では、頑張って私の歴史を盛り上げてくれ」

朦朧《もうろう》とした意識はそこで強制的にブラックアウトした。

Scene 5

> ペイバックタイム

EPISODE

Payback Time

MIMICRY GIRLS

Novel: Hitaki
Illustration: Asanaya

The year is 2041. It has been several years since the development of artificial body technology, commonly known as "mimicry"

【コンカルノー在欧合衆国軍基地　簡易裁判所　八月三十一日　1035時】


「――以上が、君が作戦行動中に見聞きした全てという事かね」

裁判長の席に座るのはコンカルノー基地の長でもあるクルーニー海軍大将。その隣には空母バラック・オバマの艦長であるフリーマン中将。その他名前も知らない書記官二名。

「イエスサー。間違いありません」

直立した姿勢でクリスティが答える。姿は少女の人工素体《ミミック》のままであり、この場面だけ見ると悪戯《いたずら》をした生徒と校長先生に見えるだろう。

だがこれは紛れもない軍法会議であり、裁判長たるクルーニー大将は豊満な髭《ひげ》を撫《な》で、厳《いか》めし面《づら》で真偽を探っている。

「にわかには信じ難《がた》いが、通信デバイスの録音記録も証言と一致している。もっとも、デバイスを作ったのは君のチームメイトであって内容も自由に吹き込めるがね」

クルーニー大将の言い分ももっともだ。敵がこんな大掛かりな博打《ばくち》を打って、目的が歴史の教科書に載りたいなどと、まるで子供の妄想だ。

「しかし事実です。早く自分をメアリー救出に行かせてください」

クリスティは目が覚めるとトラックの中に取り残されたままだった。

その後軍により確保、すぐに事情聴取され軍法会議に掛けられた。

敵の一味ではないかと疑われているのだ。

こんなことをせず一刻も早くマイセルフの野郎をぶちのめしてメアリーを助けなければならないのに。気持ちだけが急《せ》くばかりである。

「仮に事実だとしても救出には他のチームを向かわせる事になるだろう」

「ッ……」

「大体、明日の正午に第四次世界大戦を引き起こすなど一体どうやって。いくら娘を人質に取られても大統領は戦争を起こせないし我々軍部も起こさせない」

「イエスサー。それについては自分には見当もつきません」

身代金《みのしろきん》ならともかく戦争など起こせるはずがない。そもそも一般には秘匿されている娘なのだ。仮にネット放送でメアリーの殺害シーンを配信して国民感情を煽《あお》ろうにも、この子は誰？　という話になるし昨今ならよく出来たCG映像だと思われる。

フリーマン中将が挙手をしてクルーニー大将が頷《うなず》きで発言の許可を出す。

「レイチェル・ハワード大統領秘書官とは依然連絡は取れないまま。本人は死亡しているかと。コンカルノー基地を飛び立ったオスプレイⅡはアイスランド上空でロスト。それ以降の反応が無い事から敵は今もアイスランドにメアリー嬢と共にいると思われます。この情報の鮮度が保たれているうちに、今は敵の思惑を探るより救出を最優先で考えるべきでは」

クルーニー大将はフンと鼻を鳴らす。

「それは一次報告で聞いている。大統領のお嬢さんを助けようにも情報も政治的協力も足りない。アイスランド暫定政府のあるイギリスの協力を引き出す為《ため》にも、この軍事裁判の内容も現実的なものにしなければならない。書記官、今の発言は記録しなくていい」

軍の大将の位にもなると、政治的な折衝の方に仕事のウェイトが寄る。その分、現場司令官であるフリーマン中将の方がクリスティ寄りと言えるだろう。先ほどの発言もあえてクリスティに現状を聞かせてくれたものだ。

「あの、クルーニー大将……」

若い書記官がパソコンから顔を上げ、控えめに発言する。

「記録しないでいいと言っただろう」

「いえ、大統領府からの緊急電文です」

「なんだと？」

「大統領府としては娘メアリーの救出を即刻行うよう要請する、だそうです」

「それは大統領府としてはそう言うしかなかろうに……」

「それから……そのぅ……」

「なんだ？　早くいわんか。簡潔にな」

「先日の大統領旅客機撃墜の際にフットボールが行方不明。また一部の認証には娘の脳波認証を行うものとする」

「なにぃ⁉　そんな報告は聞いていない！」

「嘘《うそ》だろ……」

クルーニー大将が取り乱したのも無理はない。大統領のフットボールと言えば、それは黒い革製のブリーフケースの事──。別名「ブラックボックス」「大統領のエマージェンシーサッチェル」そして「核ボタン鞄《かばん》」。

映画にもあるような、緊急時に大統領がいつでもどこでも核ミサイルを発射できる装置が入った鞄《かばん》である。もちろん、ボタンを押したからといって即座に核ミサイルが発射されるわけでは決してないが……。

「なんでそんな大事を今になって……！　情報統制か、それにしても……」

「し、しかし大統領機はヴェネツィア沖で撃墜されたのでしょう？　海の藻屑《もくず》になっている可能性の方が高いのでは……」

若い書記官の希望的観測をクルーニー大将が打ち砕く。

「馬鹿者が！　回収された可能性が万に一つもあれば回収されている前提で動かねばならん！」

「核のボタンについては一先《ひとま》ずは対処が出来ています」

そう言ったのはフリーマン中将だ。

「先日大統領府から、空母機動艦隊に所属する原子力潜水艦コロンビアに搭載された核ミサイルに対するコード変更がなされました。定期変更かと思いましたが、おそらくこのせいでしょう。他の核搭載艦や基地においても同様かと」

「だがフットボールの中には全ての極秘核ミサイル基地の場所やセキュリティコードも入っている。いわばパソコンのパスワードを知っている相手に電子戦で戦わなければならない。しかもこっちは千を守っても、相手は一つでも突破すれば良いんだ」

今頃各所は大慌てだろう。今まではどれだけ突破されても最終的に大統領の脳波認証が無ければ絶対に核は発射されなかったが、なぜ娘の脳波も登録しているんだ……。

「あ、あの核ミサイルの施設の電源を落とすのはいけないのでしょうか？　パソコンでいうとウイルスに掛からないようにＬＡＮケーブルを抜くような、完全なスタンドアローン状態にしてしまえば……」

若い書記官はめげずに希望的な意見を出すがそれもまたクルーニー大将に砕かれる。

「大馬鹿者がッ！　そうすれば核は発射出来ないが、それは合衆国が核に対して無防備になるという事だぞ！」

第三次世界大戦ですら大国同士の大規模核戦争にはならなかった。

それは片方が撃つともう片方が報復に撃ち、結局は両国とも滅んでしまうからだ。これが核の抑止力である。それが失われたと世界に露見する事は、核を乗っ取られて撃ち込んでしまう事よりも戦争の引き金になる。

あーでもないこーでもないという議論を聞きながら、クリスティが立ち上がり言う。

「あーまあ簡単に言うと、下手をするとこのままだと核戦争になってしまうけど、メアリーを救出すれば全て解決、ということでしょう？　なら自分のチームにやらせてください。絶対に助け出します」

一度却下されても、それでもメアリーを無事に家に帰すのは自分の任務なのだ。

「確かに裁判をしている場合ではない。だが貴様は待機だ。軍事行動を取るならまずはアイスランドとイギリスとの交渉を急がねばならん。フリーマン中将！　基地司令部にいくぞ！」

「はっ。しかし私の部下には私から命令します。クリス・アームストロング大尉。貴官に命ずる。空母バラック・オバマへ帰還。その後にドクタークロサワのメディカルチェックを受けよ。以後は彼の指示に従う様に」

その命令を聞きクリスティは目を輝かせる。

「ラジャー！」

【北大西洋上空　ステルス無人偵察機センチネル　増槽内　１４５０時】

数時間前に意気揚々と空母バラック・オバマへ帰還しマーリン達と合流。ドクタークロサワから指示を受けたクリスティだったが、今は狭い暗闇の中で死んだような目をしていた。

　クリスティはドクタークロサワが嬉々《きき》として語った内容を思い返す。

「ンッンー。君達に命じられた〝大統領の娘をこの空母に送り届ける〟というタスクはまだ達成されていないし取り消されてもいない。よって私はそのサポートをしようと思う。人工素体《ミミック》を換装する時間は無いが各々《おのおの》に素敵な武器を用意した。しかし問題はメアリー嬢のいるアイスランドへどう上陸するかだね。アイスランド一帯の領空、領海権を持っているイギリスにはまだ政治的折衝は取れていない。また軍にも秘密裏に動かなければいけないので潜水艦などを動かす事も出来ない。しかし心配ご無用！　とっておきの方法がある。さあ兵器格納庫へＧＯだ」

　そうしてクリスティは今飛行中のステルス無人偵察機ＲＱ１８０、通称ハイド・センチネル《隠れた見張り》から吊《つ》り下げられた増槽の中にいる。本来は追加燃料を入れる増槽だが、クリスティの体がすっぽりと収まっている。マーリン達も同じように他の増槽の中に入っている。

「本当にこれしか方法はなかったのか……？　マイセルフの野郎はオスプレイⅡでアイスラン

ドに行ったんだろう?」

短距離骨伝導無線で誰に言うでもなく愚痴る。

『オスプレイⅡが最新のステルスVTOL機といっても回転翼ですし物理的にも大きいですからね。イギリスのレーダーにも引っかかっていますし、そのせいでアイスランド沖上空は警戒モードに入っています』

『同じ手は使えないって事じゃのう』

「ふぁっく。しかしアイスランドか。潜伏場所としてはうってつけか……」

アイスランドは第三次世界大戦の主戦場の一つになった場所だ。

アイスランドの北西、北極圏のグリーンランドに石油やレアアースをはじめとした大量の資源が眠っている。そこへの足掛かり、かつ周辺海域へのシーパワーを得る要であるアイスランドは地政学的に周辺諸国の争いの種となるのは必然であった。

空では三百の航空機が散り、海では百の艦船が沈む戦闘の末、アイスランドの人口の三分の二が住む首都レイキャビクに記録上誤って小型戦術核が投下され国家として崩壊し、今はイギリスに暫定政府が置かれている。

島の下半分が放射能汚染され管理もされていない状態である。

『そんなところに人が潜伏出来るのですか？　自分達が行っても？』

疑問を呈すジブリールにルーシーが答える。

『原子炉がメルトダウンして放射性物質を垂れ流しているならともかく、一瞬で撒《ま》き散らす気化爆弾ですからね。今は深刻な影響は無いでしょうし、最悪人工素体《ミミック》を着替えれば済みます。自前のパーツと言える脳と脊髄はチタンでコーティングされていますから、鉛以上の放射線隠蔽率があります』

それは敵も同じだ。一般人への被害を考慮しなくていいのは利点だが。

「そろそろ投下地点だ酸素マスクと気持ちの準備はいいか」

投下。そう、投下なのだ。イメージとしては発射が近いかもしれないが。なんと生身の人間――しかも少女の容姿――をステルス無人偵察機からアイスランド目がけて投下するのだ。

『ほーいマーリンいつでも準備オッケーなのじゃ～』

『ジブリール。スタンバイ』

『実戦でのエアボーンは初めてなんですよね……。ルーシーいけます!』

隊員の覚悟は万全だ。隊長のクリスティも腹をくくるしかない。

「では、スタントシーンと行くか」

ドクタークロワサの発案した頭のおかしな作戦。だがもう止められない。小さな体になっていざ不思議の国へ。目標は囚《とら》われのお姫様の救出。

「オペレーション・アリス・イン・アイスランド。作戦開始!」

突如訪れる不快な浮遊感。高速で落下しているのが感じられる。増槽の中なので外の事は何もわからない。

真っ黒な視界が急に青空一色になる。増槽が縦真っ二つに割れ中身が空へ放り出されたのだ。

「ぐぅッッ」

殺人的な風圧。高度1万m。減速したとはいえ、それでも時速300㎞で空に放り出されたのだ。酸素マスクが無ければ息が出来ずに死んでいただろう。

ムササビの様な手足に飛膜の付いたウイングスーツを広げ滑空状態を作り出す。

「目標座標セット。ゴーグルに投影する」

クリスティが腕輪型の情報端末を操作するとヘルメットのゴーグルにAR画像が投影される。遠く眼下に見えるアイスランドの姿。そこに赤いリングマーカーで降下地点が示されている。

敵が潜伏するとしたら偵察衛星から見えない深い森の中か地下。アイスランドで最も可能性が高い場所をピックアップし、そこに降り立つ算段だ。

「しばらくはスカイダイビングだな」

ここまで運んでくれた無人機は早々に踵《きびす》を返し空の彼方《かなた》へ去っていく。

『た〜のしいの〜う！』

マーリンが滑空しながらバレルロールを描く。

『慣れない少女の素体なのにあそこまで空中で動けるのは凄《すご》いですね……』

ウイングスーツはただ滑空するだけでも全身の筋力を使う。バランスのコントロールが難しいのだ。

「しかし凄《すご》い森だな……」

アイスランドは名前から氷雪地帯と勘違いされるが意外にも緑豊かだ。緑があるのがアイスランド、雪しかないのがグリーンランドという分かり辛《づら》い名づけは有名だ。

もちろん北極圏に近いので秋口でも樹冠には雪が見える。

『この辺りは針葉樹林の様ですね。植生としてはシベリアや北ユーラシアの針葉樹林地帯タイガに似ていますね』

「針葉樹か……ジャングルよりかは大分マシだな」

『ベトナムは大変だったのう』

「流石《さすが》のアンタも参戦してないだろ！」

七十年前だぞ……。

『今何か光ったような……』

ジブリールが不穏な事を言う。

「スナイパーがそういう事を言うと大抵アタリなんだよなぁ……」

『十一時方向に熱源！』

ルーシーが義眼で捉えたようだ。

『車ほどの大きさの小型航空機。おそらくドローンキラードローンです！』

「また厄介な……」

文字通り「ドローンを殺すドローン」。

戦争用ドローン相手に十分な威力の小型ミサイル。小型偵察ドローンを撃ち墜とすロングショットガン。どちらも生身のクリスティ達にとっては脅威だ。

どうもクリスティ達をドローンとして検知したようだ。

『ニードルミサイル来ます！　装備使用許可を！』

敵機との距離は約５㎞。しかしマッハを余裕で超える空対空ミサイルにとって５㎞など無いに等しい。

「許可する！　他の者は散開！」

『ふっふっふ、こんなこともあろうかとぉ……！』

ルーシーがアサルトライフルＭ５Ａ２にマガジンをセットして構える。

直後発射。連続して撃たれた弾はロケット花火のように煌《きら》めきながら進む。

迫っていたニードルミサイルがその煌《きら》めきに反応し、釣られるように進路を変えて爆発した。

『やぁーるのーぅ。フレア弾丸かの？』

マーリンが歓声を上げる。

元々は射線の軌跡を表す曳光弾《えいこうだん》、そのマグネシウムを増量した歩兵用フレア弾である。ドローンによる歩兵へのミサイル攻撃に対し開発されたものだ。フレアはその熱で敵の赤外線誘導を欺瞞（ぎまん）する。

だが地上の歩兵を狙う時のホーミング方式は熱源によって逸《そ》れる可能性のある赤外線誘導よりも地面に照射するセミアクティブレーザー誘導が多数の為《ため》、あまり使われなかった不遇の装備である。


『空対空ミサイルなら赤外線か画像認識じゃしのう』

『まさか少女の姿を画像認識データベースに登録はしてないでしょうしね』

「流石《さすが》技術少尉だな」

『本来技術士官は戦場にでてこういう事をしないんですが……』

『で、あのオモチャを無力化する方法は？』

ジブリールの言った通り小型ミサイルをたった一発迎撃しただけに過ぎない。ミサイルも脅威だが近づかれたらショットガンで鴨《かも》撃ちにされるだけだ。

『それがあのドローンは完全なスタンドアローンで、ジャミングもハッキングも無理なんですよ……』

二〇一一年に中東にて無人偵察機センチネルのコントロールがハッキングによって奪われた出来事があった。それ以来ドローンの電子防御は進化しているが、結局最強の防御は外部との通信を一切断ったスタンドアローン状態でＡＩに自動攻撃させるというものだった。

予《あらかじ》め入力されたプログラムの通りに巡回し、そこに攻撃対象がいれば攻撃。電子防御は完璧だが、途中から指示を出せない諸刃《もろは》の剣だ。

『今のアイスランド上空は飛行禁止空域とはいえ、民間の飛行機が迷いこんだらどうする気だったんでしょうか』

「さあな。ただこの近くがマイセルフの野郎の潜伏場所で間違いないって事だ。ジブリール！」

『はい』

「博士からのプレゼント《特殊兵装》の使用を許可する。撃墜しろ」

『ラジャー』

ジブリールが背中に背負っていた黒く重厚な筒を構える。

滑空状態から落下状態になったため姿勢が安定しない。敵ドローンはまっすぐこちらに向かっているとはいえまだ1㎞も先だ。落下状態では弾道計算もくそもない。

『こういう武器は好きではありませんが……！』

さらにドローンが近づいてきたところでジブリールがトリガーを引く。

無音。

直後、こちらに迫りつつあったドローンが姿勢制御を崩し墜落した。

「……墜としたか。全く凄《すご》いな、レーザーライフルというのは」

歩兵携行レーザーライフル《PFLR》。特殊なファイバーレーザーの照射により対象の機器のセンサーや部品を高温にし破壊する武器だ。

『レーザーの直進性があるからってこんな条件で離れた目標に照射し続けるのは流石《さすが》ジブリールさんですね』

『空気が乾燥して澄んでいたから威力減衰が思ったよりなかった。こんなのは狙撃じゃない』

風と距離を読み計算の上狙撃するスナイパーにとってレーザーは邪道なのだろう。

『しかしこれで完璧に敵に気付かれたのう』

マーリンは言葉とは裏腹にどこか楽しそうだ。

「ノックは済んだ。今まではやられっぱなしだったが今度はこっちが攻める番だ。さあペイバックタイムだ！」

目標の森が近い。パラシュートを展開し、いざ敵地へ。

『隊長』

「どうしたジブリール」

完全にさあ行くぞ！　というタイミングに待ったが掛かる。

『高度が下がり過ぎました。指定の位置まで行けません』

「……当然だな」

一人だけ滑空せずに落下体勢で狙撃していたのだ。

クリスティ達より遥《はる》か下でパラシュートを開いたジブリールは森の手前に降りそうだ。マークされた降下地点からは大分離れてしまう。

いずれ骨伝導の単距離無線も通じなくなるだろう。

『ワシがフォローに向かおう』

マーリンがパラシュートの落下軌道を修正する。同じところには降りられないが、出来るだけ近くに行こうという考えだろう。

「オーライ。俺とルーシーで敵拠点の捜索をする。二人は合流次第こちらを追いかけてくれ」

『ラジャー』『了解じゃ』

気をとり直して、カチコミと行こう。

MAP
MIMICRY GIRLS
MISSION
メアリーを奪還せよ
氷河地帯
降下ポイント
地下施設入口
森林地帯
N
W
E
S
0
5
10
15
20

【アイスランド　森林地帯　北東部　クリスティ&ルーシー　1510時】

二〇一〇年代までアイスランドの国土に対する森林面積は1%未満だった。遥《はる》か昔バイキングの入植から乱伐が行われ続け原生林の97%近くが失われたのだ。

しかし植林政策のお陰で二〇四一年現在はかつての森林を取り戻しつつある。

「降下中に攻撃されなくて幸いだったな」

パラシュートで降り立った後、敵が集まる前にクリスティとルーシーは即移動を開始した。

「哨戒《しょうかい》ドローンがいたという事は敵の基地は北の森深くと断定していいだろう」

事前のブリーフィングでそこには戦時中に大規模防空壕《ぼうくうごう》があった事も確認済みだ。改築して基地として使う事は十分可能だ。

「問題は俺達も南寄りに流された事だな」

クリスティ達の降下地点も向かい風によって予定よりも南寄りに降りてしまった。

森の中を北へ進まなければならない。

「何もない森にしては無数の電波が飛び交っています。数や位置はわかりませんが、伏兵がいるのは間違いないでしょう」

ルーシーが義眼で見た周囲の状況を報告する。

伏兵のど真ん中に降りるよりは良かったか。

「多少の敵は問題ないがな」

今のクリスティ達は護衛任務の時とは違う。

現在の装備は周囲の地形に合わせて最適のカモフラージュを投影し、さらに対サーモグラフィー機能の付いたカメレオンスーツ。普段は柔らかいが着弾した箇所が瞬時に硬化する軽くて丈夫なリキッドプロテクター。各々《おのおの》のメイン《プライマリウエポン》の武器は最新式で特殊装備も持ち込んでいる。

世界最強の軍隊の世界最強の装備を纏《まと》った世界最強のニューデルタフォース部隊だ。

兵装使用自由《ウエポンズフリー》の許可も下りており先制攻撃も可能だ。

「まあ油断は出来ないか」

戦闘が始まれば映画の様に都合よく主人公に銃弾が当たらないなんて事はない。正面から撃ち合えば当たる時は当たるし、どれだけ警戒しても熟練の兵士が不意の攻撃であっけなく死ぬ事もある。

理想はこちらだけが敵を捕捉しこちらだけが攻撃出来る状況を作る事だ。

「偵察ドローンを飛ばしてくれ」

「了解です」

ルーシーはカバンからプラスチック製のケースを取り出す。

中に入っていたのは子供の掌《てのひら》に収まる暗緑色のトンボ型ドローンだ。昆虫型ドローンはその小ささから見つかりにくいがバッテリーが長持ちしない。戦時中は毒物を詰めた暗殺用の蜂型ドローン。長距離偵察用に木に止まって羽根のソーラーパネルで充電を繰り返して飛ぶ蝶《ちょう》型ドローン等も存在した。

トンボ型は素早い飛行と安定した姿勢制御が可能でカメラの視認性に優れる。

「特に電波が強い方へ飛ばします」

しばらく経《た》った後、ルーシーは何かを発見する。

「熱源捕捉。敵の小部隊の様です」

「数は？」

「四、いや五。見えないところにもっといるかもしれません。南西側へ移動している模様」

「マーリンの降りた方向だな」

例のアクセサリー型骨伝導無線は範囲外からか繋《つな》がらない。

「援護に向かいますか？」

「いや、行っても邪魔になるだけだろう。むしろ敵から距離を取るために東寄りに進もう」

「邪魔に、ですか？」

クリスティは訓練時代を思い出す。森林戦闘演習で訓練生二十人に対し、相手は当時教官だったマーリン一人。

「――森の中のマーリン《オールドランボー》には誰も勝てない」

【アイスランド　森林地帯　南西部　アベンジャー1　傭兵《ようへい》カーク・ダグラス　1540時】

「こちらアベンジャー1！　状況を報告しろ！」

『アベンジャー3！　後ろにいたはずのニックがいない！　攻撃されている！　敵はどこだ!?』

『アベンジャー6だ。後方からは特に異常は見当たら……がッ!?　……木が、うご……』

「アベンジャー6！　応答しろ！　くそっ！」

先ほどから自分の分隊が何者かに攻撃されている。

ありもしない敵に備えて数日間、アイスランドの森を警戒するだけの楽な仕事だったはずだ。報酬は一人三万ドル。破格の報酬だ。戦争が落ち着いた今、傭兵稼業《ようへいかぎょう》は安月給で軍施設のガードマンの真似事《まねごと》か、マフィアの用心棒ぐらいだった。

「誇大妄想の激しい金持ちを守る、楽な仕事のはずだったんだ……！」

生きている仲間は？　俺の分隊の他にも傭兵《ようへい》はいたはずだ。それに最初に指示を出してきたスピルバーグとかいうふざけた野郎はどこに行った？

『こちらアベンジャー3！　緑の、緑の悪魔だ！　うわぁあああああッ』

無線から仲間の断末魔が聞こえる。

「おいッ！　どうしたアベンジャー3！　応答しろ！」

無線にはアベンジャー3どころか誰も応答しない。

「誰か！　誰か応答しろ！」

無線は依然沈黙したままだ。

不意に訪れる静寂。自身の心臓の鼓動がやけに大きく聞こえる。

これは夢か？　隊員の悪ふざけ？　違う、現実から目を背けるな。

近くの樹《き》に拳を打ち付ける。

「糞《くそ》がッ！　この森にはプレデターでもいるってのか！」

「おっ、そんな古い映画知っているなんて趣味が合うのじゃ～」

「なっ⁉」

目の前に緑の髪をした可愛《かわい》らしい少女が現れる。

一見場違いだが、先ほどの緑の悪魔という断末魔。カークは敵だと判断する。

「なるほど、お嬢ちゃんがプレデターか」

明確な敵を目の前にして逆に冷静になる。

よく見ると髪の色が周囲に合わせて変化している。カメレオンウィッグの一種だろうか。背景と同化し、少女の姿が透明になったかのような錯覚を起こす。

「俺の仲間はこれにやられたってわけだ」

「この程度の練度なら使うまでもなかったがの。しかし愉快なお仲間だったのぅ。一人はこの少女姿を見るなりズボンのベルトを外したりしてな」

「悪ぃな。まともに社会生活できないから傭兵《ようへい》なんぞやってんだよ」

「気持ちはわかるぞい。ワシも似たような感じだから引退しないわけだからの」

今までの情報から目の前の少女を瞬時に分析する。人工素体《ミミック》の軍人。発砲音がない。ナイフ使い。自信家。近い間合い。

カークが持っているのは大口径アサルトライフルAK‐308C。カラシニコフ社AK‐12の輸出モデルのコピー品。今ではあらゆる犯罪組織で使われているが、それは裏打ちされた信頼性の証左でもある。カークはこの銃であらゆる戦場から生き残ってきた。

重たく大口径のため近距離での取り回しに不便はあるが、こういう戦闘も心得ている。

「しッ！」

カークはあえて近距離でAK‐308Cを構える。

「ッ！」

緑の少女が射線を外すように低姿勢で突っ込んでくる。それを予期していたカークは無駄な発砲はせず、足を振りぬいて少女を蹴り飛ばす。

蹴り飛ばされた少女は着地後、円を描くようにこちらの死角へ移動しようとする。

「ナイフじゃ切れねえよ、複合カーボンの義足だ！」

体格によるリーチの差は歴然。切られる事のない義足で迎撃したら、後は銃で始末するだけだ。

「これでおわ……り……？」

視線が斜めにずれる。否《いな》、片足のバランスを失い転倒した。

すかさず緑の少女が強襲。銃を持つ右手首の腱《けん》、左の肩の腱《けん》を切断し首にナイフを添わせる。

「動くな」

少女の声だが、その物言いには死を予感させる圧があった。

「……カーボンファイバーを切るなんて……超振動ブレードか？　だが音はしなかった……」

カークは敗因を探るがわからない。鉄をも切断できる超振動ブレードは起動時に耳障《みみざわ》りな高音が鳴る。

「そんなおもちゃには頼らんよ」

声は少女、物言いは老練。

「頑丈な義足でも関節である膝の裏は柔軟性が必要じゃ。カーボンファイバーの皮膚は表面の切り傷には強いが、刺して切る切開まではガード出来ぬでのう」

首に添っているナイフを見る。歪《いびつ》なまでに湾曲した三日月形のそれ。

「か、カランビットナイフ……」

東南アジア発祥のカランビットナイフは猛禽《もうきん》類のかぎ爪の様な形をしている。刺して引き裂くという特殊なナイフだ。原始的な武器ながらもその切れ味はカーボンファイバーを容易に切断する。

「仲間の人数は？」

「俺の分隊は全滅だ……ほかに二分隊と元締めの三人……」

生かされるとは思っていない。求めるのは痛みのない死だけ。

「そうか」

傭兵《ようへい》カーク・ダグラスの人生はそこで幕を閉じた。

【アイスランド　氷河地帯境目　1540時】

「そろそろ森を抜けるな……氷河地帯に敵の姿は？」

針葉樹の木々もまばらになっている。もうあと20mも東へずれれば氷河地帯となる。そこは少しばかりの起伏以外は遮蔽物のない見晴らしの良すぎる場所だ。

「サーモには何もないですね。無線の電波は飛んでいますが、おそらく森林地帯のものでしょう」

ルーシーが義眼であたりを見回しながら答える。

「氷河に出る必要はないな。このまま境目を進もう」

目指すは北。いまだマーリン達と連絡はつかない。

「このアクセサリーの無線の有効範囲は７００ｍだったか」

「無線の秘匿性とサイズを考えると出力的にそれが限界でして」

「いや、十分だ。マーリンがやられるとも思えん」

『……えるか。聞こえるか』

「っ！　全周警戒！」

突如無線に入った隊員以外の声。クリスティはルーシーと背中合わせでその場にしゃがみアサルトライフルＭ５Ａ２を構える。

「見える範囲では敵影ありません」

「こっちもだ」

岩や木、起伏に隠れられるとわからないが敵は見当たらない。

『聞こえるか』

なおも続く無線。

「ルーシー、この無線は俺達にしか通じない暗号周波じゃなかったのか」

「そのはずです」

「相手はオープン周波で話してるのか？」

「音響爆弾対策で決められた周波以外は受信しないはず……。まさか眠らされた時に暗号周波をスキミングされた……⁉」

「なるほど、どうやら敵さんには無線が筒抜けだったようだな……」

　眠らされたあと発信機や盗聴器が仕掛けられてないか徹底的に調べたが、情報をスキャンされた事まではわからない。意識のない状態で一度敵の手に落ちたのだ。時間がなかったとはいえ装備は全て処理すべきだったと後悔する。

「だが、今はこの無線の相手だな」

「応答するんですか？」

「ああ、知らない声じゃない」

　クリスティはチョーカーを押さえて応答する。

「その声はキャメロンか」

『隊長。このあたりにいると思った』

　キャメロンはクリスティの事をいまだに隊長と呼ぶ。同じ部隊だった頃、キャメロンは無口で無愛想だが細かいところにも気の利《き》く奴《やつ》だった。何より仲間想《おも》いだった。

「俺達の行動は筒抜けだったわけか」

『この辺りにはカメラが無い。映っていない隊長のルートを予測した』

「森にカメラが仕掛けられていたのか……」

「やけに多い電波はそれだったんですね」

『率直に言う。手を引いて欲しい』

「従うと思うか？」

『隊長達に恨みがあるわけではない。もう計画は動いている。止められない』

「止めるさ。第四次世界大戦を引き起こすなんて誇大妄想をな」

『ここでの戦闘はリアルタイムでネットに中継されている』

「なっ……」

クリスティは隣のルーシーに視線を向ける。ルーシーは言われるまでもなく端末を操作していた。

「本当です……。ダークウェブだけじゃない。一般の動画配信サイトにも、森でのマーリンさんと敵兵の戦いが流れてます」

「なんだって⁉」

タブレットを見るとマーリンが敵兵の喉をナイフで掻《か》き切ったシーンが映っている。無修正のグロ映像だ。

「しかし一般人からしたらフェイク動画と思われるのがオチですよ」

緑髪の少女が軍人を倒していくなんて、アクションコメディ映画のＰＶにしか思えない。

『動画には人工素体《ミミック》の資料や人体実験の証拠《しょうこ》。軍産複合体への賄賂や癒着。マイセルフがスパイ時代に集めた膨大な合衆国の〝悪事〟がそこにある』

『そこで拉致した大統領の娘と核ボタンを使い、合衆国から無差別に核を発射させる。世界は武器を持ち、混乱のまま戦争を始める』

絵空事だ。だが可能性はゼロではない。

「そんな話をされたら、なおさら止める」

『……了解した』

クリスティはチョーカーから指を離す。これ以上の会話は不要だ。

「無線の発信地を探知しました。私が作った暗号電波を使ったのが仇《あだ》になりましたね」

「ああ、絶対に止めるぞ」

【アイスランド　白樺《しらかば》の森　ジブリール　１５５０時】

日が傾いてきた。元々紅葉していた白樺《しらかば》の木々が、夕日に照らされオレンジ色になる。地面に落ちた葉もまたオレンジ一色。森の中だというのに、ジブリールは故郷の砂漠を思い出していた。

違うのは、無数に連なる白い柱、もとい白樺《しらかば》の幹。そのどこかに敵は隠れている。

「っ」

左肩を押さえる。服の上から巻いた止血テープには血が滲《にじ》んでいる。無理もない。内部骨格が見えるほど抉《えぐ》れているのだ。痛みはあるが感覚が麻痺《まひ》するのを嫌い鎮痛剤は打たない。

パラシュートで降り立ったあと、クリスティ達と合流するために北を目指した。

森の途中で丘になっている地形が目に入った瞬間、直感が働き身を伏せたところを狙撃された。左肩を掠《かす》っただけで肩肉の三分の一を持っていかれた。通常の狙撃銃ではない、規格外の威力だった。

（身動きが取れない……）

ジブリールは声に出さず思案する。

伏せた場所は横に広がった窪《くぼ》みとなっていた。冬を経て春になると雪解け水が小川になるの

だろう。だがその死角となった窪《くぼ》みもせいぜい20m。白樺《しらかば》の幹を遮蔽物にしても木と木を移動する間に視認されるだろう。

（敵の方角はわかっているが詳しい位置はわからない。おそらく狙撃位置も変えている）

狙撃銃の扱いに長《た》け、遮蔽物の多い森の中で当ててくる腕、気配を悟らせないアンブッシュ。敵はクリスティの元チームメイト・ルーカスだろう。優秀なスナイパーだったと聞いている。

（だが、狙撃勝負なら負けはしない）

開始位置からして圧倒的不利。しかも時間が惜しいのはジブリールの方だ。敵はただ核発射の時間まで足止めしていればいい。

（冷えてきたな……）

秋のアイスランドだ。素体の体温が高めとはいえ、少女の体は総熱量的に不利だ。コンバットスーツのチャックを口元まで上げる。僅かに白い吐息を吐き出した。

【アイスランド　白樺《しらかば》の森　ルーカス　1551時】

「迷うなよ。ただの素体だ」

小さく呟《つぶや》いたルーカスは、新たな狙撃位置で息をひそめて一帯を監視する。この辺りは監視カメラが無くルーカス一人でカバーしていた。そんな時に見えた少女の姿。中身はニューデルタフォースの隊員だとわかっている。だがコンマ一秒の躊躇《ちゅうちょ》の結果がこの膠着《こうちゃく》状態だ。

あの隊員の名前は確かジブリール。銀髪で褐色の肌をしていた。

「ただの、素体さ……関係はない」

無心であろうという想《おも》いとは裏腹に、過去の中東での記憶が思い出される。

部隊が建物の陰に身を潜めていると大通りから子供が近づいてくる。普通に民間人がいる地域だ。だからこそ空爆やドローンによる無差別攻撃が出来ず人が地道に制圧する。

子供は何かを求めるしぐさをする。食料だろう。米兵におねだりすればチョコバーが貰《もら》える。

百年前の第二次世界大戦から何も変わらない。ギブミーチョコレート。

部隊の一人が懐《ふところ》からチョコバーを取り出し投げる。

それを拾った子供はさらに近づく。部隊の兵達からすれば勘弁してくれといった状況だろう。本当に、絶望したように。

結局、ルーカスがその子供の頭を撃った。身を隠す兵達。直後、子供の身体《からだ》が爆発する。

珍しくない。子供を使った自爆攻撃だ。チョコバーをあげた兵もそれはわかっていただろう。だからこそ去ってくれと願い。目の前の子供を撃つ事に躊躇《ちゅうちょ》した。

ルーカスは子供を殺した罪悪感と、それを指示した敵に怒りを抱き、しかしそうせざるを得なかった世の中に無常さを覚える。

母国へ戻り、平和な自宅で酒を飲みながらテレビを見ていた時だ。

『犠牲となった子供達』『兵士の残虐行為』『隠された戦争犯罪』

人権派と名乗るコメンテーターがまるで自分自身が被害者の様に振る舞って軍を批判している。周りの司会者や聴衆もそれに同意して痛ましい事です、と追随する。

怒りが湧いた。自分が批判されたからではない。自分が子供を撃つ事になったのは、子供が撃たれたのは、親がその子供に指示せざるを得なかったのは、そこに座ってのんきに平和を享受しているお前らの為《ため》だったのだ。その豊かで平和な生活を得る為《ため》に多くの人が犠牲となったのに、まるで自分が被害者の様に振る舞い、本当の被害者を加害者扱いしている。

戦勝国の一般市民は戦争を知らない。ならば、今一度全世界を巻き込み本当の被害者にしてやろう。マイセルフの言葉はルーカスが求めていたものだった。

「いけない、熱くなっているな」

完璧に擬装されたアンブッシュの中で、ルーカスは慎重に息を吐く。

雪山での狙撃戦では吐いた白い息で位置がばれるので雪を口に入れる。なんて冗談ともつかない逸話があるほど、狙撃手は自分の出す気配には敏感である。

息、スコープの反射、僅かな身じろぎ、集中力の途切れが命取りだ。

スコープから目を離し義眼のサーモ機能で辺りを俯瞰《ふかん》的に見る。周囲の気温が下がっているので一面がグレー色に見えるが、木漏れ日が当たっているところは緑色に見える。小動物の姿はない。

もしかしてこのフィールドにはもう誰もいないのではないか。大きく回り込んで背後を取られているのではないか。そんな疑念を即座に打ち消す。集中力の途切れが命取りだ。

「っ……！」

ふと、相手が隠れているであろう窪《くぼ》みの近く。大きな白樺《しらかば》の幹から僅かに黄色いもやが見えた。見間違い、ではない。あれは漏れ出た息だ。動物？　いや違う。高さは１４０㎝ほど。それほどの高さで呼吸する動物、例えば熊ならば白樺《しらかば》の幹から大きくはみ出るはずだ。つまりはそういう事だ。

狙撃銃のスコープを覗《のぞ》く。

その狙撃銃は、異様にして異質だった。通常の狙撃銃よりも一回り太くずんぐりとした形。名をバレットＸＭ１９９ペイロードスモーラー。

規格外の20㎜弾を装填し、装甲車も撃ち抜ける火力を備えた狙撃銃である。

「また子供を撃つとはな……」

白樺《しらかば》の幹に照準を合わせる。

中身は子供ではない。撃てば白樺《しらかば》ごと体を吹き飛ばす。中東で殺した子供。チョコレート。違う。関係ない。集中しろ。

「ッ！」

感傷を振り払うようにトリガーを引く。

銃とは思えない、大砲の様な轟音《ごうおん》が響き白樺《しらかば》の幹が木《こ》っ端微塵《ぱみじん》となる。当然その陰に隠れていた者も血煙となるはずだ。

果たして、カシュン、という甲高い音がして、伏せた状態のルーカスは鎖骨から肋骨《ろっこつ》にかけて衝撃が抜けていくのを感じた。カウンタースナイプだ。

「ひゅぅ……やる、ね……」

【アイスランド　白樺《しらかば》の森　ジブリール　1602時】

ジブリールは狙撃銃XM2030を構えたまま瀕死《ひんし》のルーカスの前に立つ。普通ならばそんなリスクのある事はしないが、抵抗が無い事は確信していた。

「ひゅっ……はぁ……その背負っているレーザー……ライフル……なるほど、ね」

あの時ジブリールは隠れていた幹から後方に下がり、レーザーライフルの短時間照射により幹に僅かな煙を生じさせた。左肩の負傷により通常の構え方ができないので片膝に左腕の肘を乗せ、その上に銃身を乗せて安定させる座射の形で待つ。

あとは煙に釣られ派手な20㎜弾をぶっ放したルーカスをXM2030で撃ち抜いたのだ。

「良《い》い勝負だった……。殺さ……ないのかい」

ルーカスは仰向けになり脇腹を押さえている。防弾チョッキと強化された人工素体《ミミック》とはいえ、

8.58㎜のラプアマグナム弾が鎖骨から脇下を貫通し肋骨《ろっこつ》をえぐっていったのだ。内臓にもダメージがある。このまま失血死するのも時間の問題だろう。
「列車で助けてくれた恩はあるが、元はと言えばお前達が仕掛けたものだろう」

ジブリールは淡々と述べてルーカスの身体《からだ》を探る。無線、地図、情報端末。敵装備の回収は情報戦で有利に働く。

「無線は、君達のを傍受する機能だけさ。他は何も持っていない」

「傍受……そうか」

ジブリールは立ち上がる。

「君は……例えば子供を殺され、故郷を失い……、そうするように仕向けた人々が被害者ヅラして批判する……く、はぁ……それをどう思う」

息も絶え絶えで要領を得ない質問だ。だけどジブリールは答えた。

「別にどうも思わない」

一瞬だけ目を伏せる。

「……腹が減ってなくて、安心して眠れる。それで十分だ」

「そう、か……そうだったね……」

ジブリールは行く。仲間と合流するために。

残されたのは満足そうに目を瞑《つぶ》るルーカスのみだった。

【アイスランド　森林地帯　マーリン　1650時】

無線で男の声が響く。

『ハッハァ！　楽しいなあ密林戦は！　人民解放軍を相手にしたとき以来かぁ!?』

「ラオス国境戦か？　その時は連邦にいたからのう」

岩陰に隠れたマーリンが無線で声に答える。

敵の傭兵《ようへい》部隊を一掃したあたりでスピルバーグとの戦闘が始まった。

先ほどまでの烏合《うごう》の衆《しゅう》ではない。流石《さすが》は元ニューデルタフォースだ。正確な射撃に移動技術。常に射撃位置を変え、マーリンをジリジリと遮蔽物の少ない方へ追いつめてくる。

身軽さを好んだマーリンの武器は合衆国軍で使われてきたスイスB&T社のＡＰＣ45。長年合衆国軍で酷使されたサブマシンガンＭＰ５の後継採用である。近距離の制圧はもちろん、中距離でもこのサイズにしては高い命中率を誇る。サブマシンガンのネックであった弾薬の威力も45口径弾仕様により解消。それにサプレッサーを付けた特殊部隊仕様だが……。

「ッ」

スピルバーグが接近の為《ため》に遮蔽物を移動した瞬間、マーリンがＡＰＣ45を撃ち込む。

『かぁー、いてェいてェ』

胴か腕に当たったはずだが、口ぶりからして有効なダメージは与えられていない。防弾チョッキやケプラー繊維のアームガードはもちろん、強化筋繊維とチタン骨格を持つ戦争用の人工素体《ミミ》には45口径といえど力不足か。だがそれでも全く平気というわけではないはずだ。

それに、列車や基地で会った時のスピルバーグと少し様子が違う。

「もしやブーストドラッグか？」

『ああ⁉　むしろソッチは使ってないのかよ』

「感覚が変わるのはちと嫌でのう」

アンフェタミン等の覚醒剤は軍隊では当然の様に使われている。第三次世界大戦でも長期の集中が必要とされるパイロットや一部兵士にも合法的に使われた。

集中力強化、感覚の鋭敏化、精神向上、疲労抑制。死地に赴く兵士にとってその後の副作用など些末《さまつ》なものとされた。

食欲減退、頭痛、吐き気、躁鬱《そううつ》、肝臓をはじめとした各種臓器の機能低下。何より退役軍人のドラッグ依存症は社会問題にもなっている。

『どうせ素体は自分の身体《からだ》じゃあないからなァ？　いつでもお着替え出来るんだ。ヤクなんてやり放題だぜェ？』

「脳みそは替えられないじゃろ」

『ああ！　だから俺は俺なんだ！』

「あ～」

マーリンは軽くため息を吐いたあと持っていたAPC45を足元に置く。

「……なあボウズ。ダーティハリーって映画は観《み》たことあるか？」

『あん？　んな古くせぇの観《み》たこたァねえな』

「お前のような元軍人の犯罪者をハリー刑事がぶち殺す話だ」

『ハッ、お前は刑事なのか？』

マーリンは腰のホルスターからリボルバー拳銃を抜く。

「S&WM29。ハリーが使っていたごついマグナムだ」

『なるほど、その銃は知っている。昔は最強だった拳銃だ。だが今の時代44マグナム弾ではレベル3のボディアーマーすら貫通出来ないぜ。何より六発しか入らねえんだからよォ！』

「まあ、その通りじゃ。銃は絶えず進化している」

『装備更新についていけねぇロートルのジジイにはお似合いだなあ！』

「――だが弱くなったわけではない」

踏み出す前の一息。

「こいつは44マグナムっていう世界で一番強力な拳銃なんだ。《This is a 44 magnum the most powerful handgun in the world》貴様の頭なんざキレイに吹き《And would blow your head》飛ばすぜ《clean off》」

映画のセリフと共にマーリンは岩陰から飛び出しスピルバーグへと接近。

遮蔽物としていた木に回り込み、そのまま横跳びの姿勢で両手持ちにしたマグナムを構える。

ドラッグによって超反応をしたスピルバーグがアサルトライフルM5A2を構える。

重い一発の銃声と複数の銃声。

「……ふむ、少し掠《かす》ったか」

『な……あ……』

果たして、地面に仰向けに倒れているのはスピルバーグだった。

胸の中心に大きな凹《へこ》みが出来ている。

「さすがに貫通はしないが、もうまともに動けんじゃろ。人工素体《ミミック》でも内臓は強くできん」

胸、とりわけ肺を強く打つと人体は空気の取り込みを優先し手足が動かなくなる。しかも肺も衝撃で痙攣《けいれん》し上手《うま》く息を吸えないのでしばらくその状態が続く。たまにウィンタースポーツで雪に頭から突っ込んで窒息死する事故があるが、それは胸を強く打って身動きが出来ないというせいでもある。

しかしスピルバーグの胸はライフル弾すら防ぐレベル3のボディアーマーにチタンの肋骨《ろっこつ》、そして強化筋繊維でガードされている。44マグナム弾の直撃とはいえ、ここまでの衝撃はあり得ない。

吹っ飛ばされたスピルバーグは何が起きたかわからなかった。

「劣化ウラン。核燃料作るときのウランの残りカスじゃが、鉄の二・五倍重くて昔は戦車の砲弾とかにも使われておった」

マーリンは説明しながらポケットから止血用皮膚シートを取り出す。

「うひゃーちょっと肋骨《ろっこつ》削れちゃってるの～」

スピルバーグの反撃で被弾した箇所に皮膚シートを貼り応急手当てをする。

「で、戦車みたいに硬いお前の為《ため》に、劣化ウランをマグナム弾にしてみたってわけじゃ」

『あ……い……』

スピルバーグは声にならない声をあげる。

「ん？　あ～言いたい事はわかるぞ。イカれてる。じゃろ？」

劣化ウランが戦車の砲弾に使われ、銃に使われない理由は重金属毒性や僅かであるが放射能汚染があるためだ。

「でもその為《ため》の人工素体《ミミック》じゃろう？」

少女の顔で満面の笑みを浮かべるマーリン。

手当てを終え、スピルバーグの元へ歩く。

「さて、このS&WM29の装填数はご存じのとおりたったの六発だ。あと五発しかない。最新鋭のボディアーマーと戦争用素体。このロートルが撃ち抜けるか試してみようぞ」

「ひ……ぁ……」

森の中に五発の銃声が轟《とどろ》いた。

【アイスランド　氷河地帯境目　クリスティ&ルーシー　1655時】

クリスティとルーシーはマーリンの戦いを端末上から見届けていた。

「うわぁ、マーリンさんえげつないですね。コア部分まで貫通してなければ生きてるかも?」

「スピルバーグ……」

かつての部下に対し、やりきれない想《おも》いを抱く。

「だが、今はこっちだな」

クリスティが身を隠している岩陰から顔を出し氷河地帯を見る。

遮蔽物の殆《ほとん》どない氷に覆われた地面。

そこに一際《ひときわ》大きい人影が見える。

人よりはロボットの方がイメージに近いかもしれない。

「局地制圧用ヘビーパワードスーツ……どうしましょうかね」

「鉄の人《アイアンマン》か、厄介な装備だな……」

一般的な軍用パワードスーツは腕や足に外骨格を這《は》わせるのみで、重い荷物を運ぶアシストをする程度のものだ。

目の前にいるのはそれをさらにゴテゴテとした様相。身長3mはある巨体はもはや着るというよりは乗り込むと言った方が正しい。その装甲は大口径の弾丸を弾き、アームは車を容易《たやす》くスクラップにする。武装についてはオプションパーツがてんこ盛りだ。

「キャメロン……」

そしてパワードスーツの中に入っているのは元隊員のキャメロン。

先ほどからクリスティ達はそのパワードスーツを纏《まと》ったキャメロンに足止めされていた。

「敵基地の入り口はあの近くのはずなんですが……」

「歩兵戦で戦車を出された様な気分だな」

まだこちらの位置は気付かれていないが、来ている事はわかっているだろう。

「対戦車《ジャベリン》ミサイルでも持ってくれば良かったですかね」

「さすがにこの体じゃ背負えないがな」

ハンドグレネードぐらいは持ってきているが、さすがにミサイルは持ってきていない。

二人とも装備は汎用アサルトライフルのM5A2。普通に銃撃しても有効打は与えられないだろう。だが汎用とは様々な用途に使えるという事だ。

「実際の戦車というわけじゃなくあくまでパワードスーツだ。HEAT弾装填」

銃身下部に付いている小型ランチャーに弾頭を装填する。

「装填完了です！」

ルーシーも準備が出来たようだ。装填された弾は装甲を貫通する小型化された成形炸薬弾《HEAT》。

流石《さすが》にこのサイズでは本物の戦車には通用しないが、パワードスーツなら十分だ。

「風速0m。相対距離約70m。命中圏内です」

「よし、構え」

岩陰から最低限顔を出しパワードスーツを着るキャメロンへ狙いを定める。

「……撃て！」

発射されたHEAT弾は逸《そ》れる事なくキャメロンへ向かっていき、

——空中で爆発した。

「迎撃⁉　まさかトロフィーシステム⁉」

それは戦車に搭載されているアクティブプロテクションシステムの一つだ。迫りくるミサイルやロケット弾をAIが自動検知し、散弾の弾幕を貼る事によって迎撃するシステムである。

キャメロンの両肩に載っている箱の様なものがそうなのだろう。

「トロフィーは戦車用ですから、それの個人携行バージョンといったところでしょうか」

「いずれにせよ迎撃力も戦車並みって事か」

こちらに気付いたキャメロンが手に持っていたものを向ける。

「くそ！」

急いで岩陰に身を引っ込める。

唸《うな》り声にも似た連射音。分厚い岩がガリガリと削られていくのがわかる。

「ミニガンかっ！」

名前こそミニだが7．62㎜弾を毎秒四十発以上撃ち込む、ヘリや装甲車に搭載されるガトリング砲である。

左右の岩も削られていきどんどん身を隠す場所が少なくなってくる。

「隊長！　マズいですよこれは！」

「おい！　キャメロン！　わかったからやめろ！」

無線でダメ元の制止をする。

銃声が鳴りやむ。

『降伏してくれる気になったのか？』

「いや、降伏じゃない。あれだ。チュニジアの作戦前にやったポーカーの負け分チャラにしてやるから、ミニガンはやめろ」

「そ、そんな冗談通じる状況じゃないですよね!?」

『わかった。ミニガンはやめよう』

「えぇ!?　ホントに!?」

「話せばわかる奴《やつ》なんだ」

そー……っと岩陰から頭を出すと確かに右手のミニガンを下げている。代わりに左手のロケットランチャーらしきものをこちらに構えていた。

「っ⁉　対ショック！」

撃ち出されたロケット弾。即座に頭を下げて対ショック体勢。爆発と衝撃。

幸い岩はまだ全壊せずクリスティ達も無事だ。

「ふぁっく！　騙《だま》しやがったな！」

『あのポーカーはイカサマだったと後でルーカスから聞いた』

「何やってるんですかぁぁ隊長ぉ！」

「違う、あれはスピルバーグと協力した戦略的カードコントロールだった」

『これ以上遊びに付き合う気はない』

どうやら交渉は決裂したようだ。状況は非常によろしくない。クリスティ達が隠れている大岩は削られ、二人が少女の姿だからかろうじて隠れられているが、これ以上破壊されると無防備に晒《さら》されるだろう。

森に逃げ込もうにも、ミニガンの威力と連射力の前ではそれも難しい。

「スモークはあるか？」

なぜかこちらを恨みがましい目で見ていたルーシーに問いかける。

「ありますけど、あの様子だとどうせサーモグラフィーも付いているでしょう。迎撃システムはレーダーで飛翔物《ひしょうぶつ》を検知しているのでチャフが有効です」

チャフ。細かい無数のアルミ箔《はく》を空中に散布させる事によりレーダー波を妨害出来る。

戦闘機などに搭載されているチャフだが、電子戦が高度になった最近では歩兵もチャフグレネードとして携行している。

「問題はその効果範囲内に収める前に迎撃される事です」

「なるほど」

ルーシーからチャフグレネードが三つ渡される。レーダーを妨害するためのチャフだが、その為《ため》にはレーダーの内側で爆発させなければならない。矛盾した話だ。

「だがやりようはある。俺の学生時代の部活は話したっけか」

「え、何の話ですか？」

いや、あれは一番最初のブリーフィングでレイチェルに言われたんだったか。

……カリフォルニア州の中流家庭に生まれハイスクールではアメフト部で活躍。大学は……。

シークレットサービスの身辺調査にも残るほどの経歴。

「俺は学生時代アメフト部でクォーターバックとして活躍したんだ」

「はい……？」

クリスティは困惑するルーシーから三つのチャフを受け取る。

『隊長、最後の勧告だ。降伏してくれないか』

キャメロンの降伏勧告。

『命の保証は自分がする』

「もう勝ったつもりか？」

クリスティは無線に応答する。それと同時にルーシーに指示をだす。

『無為に殺したいわけではない』

「戦争を引き起こそうとしてよく言う」

『……降伏はしないと？』

「むしろそっちがするべきだ」

『了解。残念です』

無線が切れる。さて、試合のはじまりだ。

【アイスランド　氷河地帯境目　キャメロン　1658時】

キャメロンは無線を切った後、左腕のロケットランチャーを構え直す。クリスティ達の隠れている大岩はもう崩壊寸前だ。後はロケット弾を撃ち込み、露《あら》わになった生身にミニガンを掃射するだけだ。昔どこかの戦場でもやった事だ。難しい事じゃない。

「さようなら。隊長」

発射体勢の直前、放物線を描き何かが飛んでくる。

ヘビーパワードスーツ用迎撃システム、ヘッジホッグが作動する。

レーダーが投擲物《とうてきぶつ》を捉え、半径15m以内に入ると散弾が発射。10mまでには迎撃出来る。迎撃した投擲物《とうてきぶつ》はチャフグレネードだったようで弾《はじ》かれた先でアルミ箔《はく》が舞う。その距離ならばレーダーに支障はない。

するとまたチャフグレネードが飛んでくる。今度は時間差をつけて二つだ。

「無駄な事を……」

時間差をつけたところで複数をロックし連続迎撃が可能だ。

レーダーが投擲物《とうてきぶつ》を捉えてロックする。そして15mに近づく二つの投擲物《とうてきぶつ》が、空中でぶつかった。

「なっ！」

空中で突如の軌道変更。散弾が追従しきれず片方を防衛圏内に入れてしまう。

チャフグレネードが爆発し目の前に舞うアルミ箔《はく》。無効化されるレーダー。

キラキラとした光景に一瞬だけ気を取られたところに、間髪容れずに撃たれた敵のHEAT弾がアーマーに着弾。右手のミニガンを取り落とす。

「くっ、あああああ！」

ロケットランチャーを大岩に向かって発射。大岩は今度こそ破壊される。

「はぁ……はぁ……」

落としたミニガンを拾おうとしゃがんだところに、キン、という音と共に丸い物体が三つ足元に落ちる。最も一般的かつシンプルに破壊力のある手榴弾《しゅりゅうだん》。

「ジーザス……」

偶然か、神に祈るような姿勢で至近距離の爆発を受けた。

【アイスランド　氷河地帯境目　クリスティ&ルーシー　1659時】

「見たか。これが元エースクォーターバックの力だ」

クリスティがドヤ顔で自慢する。

「いや連続して投げたチャフグレネードを数十メートル先の空中で当てるってどんな投擲《とうてき》精度してるんですか」

「?」

「アメフトじゃ常識だが？　みたいな顔やめてください」

アメフトのクォーターバックはパスの名手しかなれない。学生時代に動いている遠くの味方に寸分違《たが》わぬパスを出し続けていたクリスティは、軍での投擲《とうてき》訓練では常に最高評価を獲得していた。

一つ目のチャフで敵の迎撃範囲を探り、続く二投目三投目でその範囲ギリギリで当たって軌道を変える様にしたのだ。その後のフラググレネードの正確な追撃も含め、ルーシーが驚く通り神業である。

「ともあれキャメロンだ。まだ死んではいないはずだ」

Ｍ５Ａ２を構えながら爆発で仰向けに倒れたキャメロンを注視する。パワードスーツはボロボロでまともに動作しないだろう。

パワードスーツから人がでてくる。キャメロンだ。スーツを纏《まと》っていなくても２ｍはあろうかという大柄な肉体。無傷ではないだろうが、戦争用素体は生身でも驚異的なパワーを持っている。

「油断するなよ」

クリスティはＭ５Ａ２のホロサイトの照準を合わせる。

『――自分の負けだ』

キャメロンは無線でそう言うなり地面にうずくまる。そして人工素体《ミミック》の力で氷の地面からハッチの様な何かを強引に引きはがした。

『マイセルフがいる地下基地への入り口だ』

「何だと？」

『武器も装備もなく、遮蔽物の無いここでアサルトライフル相手に立ち回るのは不可能だ』

「そのまま地下へ逃げればやりようはあるはずだが？」

『自分は元々スピルバーグとルーカスの為《ため》に行動していた。その二人が敗れ、そして残った意地のような戦いも今敗れた』

「意地……」

『入り口を開けた代わりと言っては何だが、出来れば二人を回収したい。脳と脊髄が格納されたコア部分が無事なら自閉モードでしばらくは生きられる』

「確かにその通りですが、信じていいんでしょうか？」

ルーシーの問いかけにクリスティは即座に答えられない。

『……自分の本当の名前はアンソニー・ダニエルズ。いや名前は重要ではない。ただ自分にも人生があって子供時代があった。同年代と比べて体は小さく、いつも誰かの後についていった』

「……」

キャメロンの語りにクリスティは銃を下げる。

『大戦の機運に流されるまま軍隊に入り、命令されるまま戦い負傷し、言われるがまま人工素体《ミミック》手術にサインした。何が正しいとか、自分とは何かとか、そんな悩みは素体になってからのものじゃない。子供の時からわからなかった……』

あるいは、そんなものをわかっている人の方が少ないのかもしれない。

自分の中に絶対的な指針などなく、流されて生きている人の方が多い。

『過去の戦場で、民間人がいるかもしれない区画に重機関銃で制圧射撃を行った。敵のスナイパーがいたかもしれなかったからだ。それが正しいか正しくないかはわからないが、その時仲間は誰も死ななかった。感謝された。うれしかった。仲間を守る。これは自分が戦場で信じた絶対的に正しいと思える行動だった』

子供の頃から選択を人に委ねてきたキャメロンは、仲間を守る事を自分のアイデンティティとした。

「馬鹿野郎……だったらなぜ二人を止めなかった」

『……すまない』

すまない。その言葉は本来隊長であったクリスティが言うべき言葉ではなかったのか。

「……二人の回収を許可する」

『感謝する……隊長』

キャメロンはそう言うと、森の方角へ去っていった。

「俺はあいつらの隊長だったのに、何も気付いてやれなかったんだな……」

「クリスティさんは立派な隊長です。悪いのは唆《そその》かしたマイセルフです」

「……そう、だな」

クリスティは軽く息を吐いたあと、地下基地への入り口へ視線を向ける。

「俺の部下達を甘言で利用し、そして子供のメアリーを攫《さら》って核戦争を始める。そんな屑《くず》野郎をぶちのめしに行くぞ」

【アイスランド　地下基地　マイセルフ　1730時】

そこは第三次大戦期に廃棄された地下の作戦指令室。薄暗い部屋に複数のモニターの明かりだけが点《つ》いている。

モニターには先ほどの戦闘のリプレイや、予《あらかじ》め編集された人工素体《ミミック》の暴露動画などが流れている。

「——そうして、連邦の元 諜報員《ちょうほういん》だった私は戦後の混乱期に隠し資金を窃取し、この計画を実行したわけだ」

タブレットに向かって演説をしていた男は傍《かたわ》らのモニターに目を向ける。

「いいね。順調に視聴者数が増えている。ダークウェブだけじゃなく表の動画サイトでもかなりの数字だ」

男はスーツを着ており、見た目はスラヴ系の白人男性。顔は髪やヒゲ、眉毛に至るまで一切の毛がなく、怜悧《れいり》なアイスブルーの瞳以外はまさに「誰でもない」といった顔だ。

「人気動画配信者になるのがマイセルフの野望だったわけ？」

挑発する少女の声。少女は椅子に座らされ、後ろ手に手錠をかけられている。

「これは宣伝だよ、メアリー嬢。ただ核を撃って次なる世界大戦を引き起こしたとしても、それは合衆国の暴走と見なされるだけだろう。誰が、どのようなプロセスを経て、これからの世界大戦のトリガーを引くのか。多くの証人に見てもらわないといけないだろう？」

「自己顕示欲の塊ね」

「そうさ。この顔もわざわざ用意した。レイチェル女史の顔のままだと締まらないだろう？」

マイセルフの視線の先にはインカメラの付いたタブレットがある。今現在のこの会話や様子も全世界にリアルタイム配信しているのだ。

「まあしかし、ネットのコメントではこれが本当の事だと思っている人は少ないようだ」

マイセルフはタブレットをのぞき込む。

「八、いや九割がフェイク動画や何かのゲームか映画のゲリラＣＭだとコメントしている。今のＣＧはリアルと区別がつかないからね」

「当たり前でしょ、信じる人がいるとでも思ったの？　バカみたい」

「ふむ……」

マイセルフは懐《ふところ》からマカロフ拳銃を取り出しメアリーに構えた。

「ひっ……」

メアリーは身をよじって射線から外れようとするが椅子と手錠が邪魔をする。

「……図星だからって腹いせのつもり？」

「あまり動かないでくれよ。この拳銃は骨董品《こっとうひん》なんだ。命中率はよくない」

「わ、私を撃ったらあなたの計画もおしまいよ」

「殺しはしない。ただ映画やゲームだと子供へのゴア表現は禁止されているからね。耳あたりを吹っ飛ばせばこれがCMではないとわかってくれるはずだ」

「っ⁉」

確かにそれは手っ取り早い証明方法だ。

「いや……いやぁ！」

「ふむ暴れるか。接射で撃たれた方が痛いぞ？」

「やだぁ！　助けて！　誰か！」

メアリーの叫び。

突如の爆発。

指令室のドアが吹き飛び煙と共にアサルトライフルを構えた少女二人が突入する。

その一人――クリスティはマイセルフの姿を視認するやいなや、構えた銃を躊躇《ちゅうちょ》なく発砲した。

「おっと」

マイセルフは椅子に座ったメアリーを盾にする。そこへ移動する僅かの間、銃弾はマイセルフに一発も当たらなかった。

「くそ！　外した！　いや、外された……？」

クリスティがこの距離で外すことなどそうは無い。気のせいでなければ銃弾が逸《そ》れたようにも思えた。

クリスティの疑問にルーシーが驚愕《きょうがく》して答える。

「まさか……電磁バリア⁉」

電磁バリア。迫りくる銃弾を逸《そ》らす兵士の夢見る空想の産物。

過去にローレンツ力を使った電磁波発生装置で銃弾を弾《はじ》く実験はされていた。しかしバッテリーの問題と、それほど強力な電磁波を人体に纏《まと》わせるにはリスクが高すぎて頓挫したはずだ。

「人工素体《ミミック》なら問題ない、だろう？」

「マイセルフ……！」

マイセルフは椅子に座ったメアリーの後ろに立っている。

通常ならばその頭だけを撃ちぬく事はたやすいが電磁バリアの偏向性能がどれほどか定《さだ》かではない。6．8㎜弾がメアリーに当たれば致命傷だ。

「クリスティ……来てくれたのね！」

メアリーが声を上げる。

「ふむ、感動の対面だね。やはり君をヒーロー役にしたのは正解だった。想定より早い到着だったが」

マイセルフはメアリーの陰にしゃがみながら余裕の口ぶりを見せる。

「悪の親玉が小さな子の陰に隠れるのか？」

クリスティはルーシーとアイコンタクトをしゆっくり左右に分かれてマイセルフを包囲する。

「いやね？　こういう人質を盾にするシーンは映画によくあるんだが、私はいつも疑問に思う事があってねぇ……」

「あん……？」

メアリーの陰にうずくまっていたマイセルフ。

「人質は盾なんだから、武器である銃は敵に向けるものだろう？」

「っ二人とも隠れて！」

メアリーの声でクリスティとルーシーは指令室内のコンソールデスクへ身を隠す。

その頭上を薙《な》ぎ払《はら》うように銃撃の水平斉射が走った。

ＰＰ‐19Ｂｉｚｏｎ。水鉄砲のような円筒形のスパイラルマガジンが特徴のサブマシンガン。サブマシンガンとしてはトップクラスの装弾数を誇る。

「良《い》い反応だ！　さあ、これからどうする？」

マイセルフは椅子からメアリーを立たせ死角のない部屋の隅へと移動する。

「最悪のパターンだな」

クリスティ達は当初、配信動画を通してマイセルフの動きを確認しつつ、ルーシーのスルーウォールスコープで壁を透視し確実なタイミングで突入する予定だった。

しかしマイセルフがメアリーに危害を加えようとした為《ため》やむを得ず突入。結果はこのザマだ。

「結果論ですが静観すべきでしたね」

ルーシーの言う通りだが護衛対象が、幼き少女が撃たれようとしていたのだ。その選択肢はクリスティにはない。

「だが電磁バリアは想定外だった」

特殊部隊としてこうした人質立てこもり事件は何度も解決してきた。しかしこの相手に交渉は不可能。狙撃も望めない。最終手段はフラッシュバンと共に突撃だが、それは人質の死亡率があまりにも高すぎる。

「考えたくないですが、最悪の選択もあります」

「わかっている」

最悪の場合、マイセルフの企《たくら》みを止めるならメアリーごと殺すという選択もある。そうすれば少なくとも戦争は起きない。世界の人々の命と一人の少女の命を天秤《てんびん》にかけるのだ。

「だがヒーローならその選択はしない！　だろう？　そんな幕引きは観客が許さない」

マイセルフが割って言う。

クリスティとルーシーとの会話は聞こえる声ではなかったはずだ。

骨伝導無線も盗聴されているのだろう。

「お前の方こそ袋のネズミだ。核兵器だって脳波認証されても結局は軍が操作しなければ撃てない。お前に世界大戦なんて引き起こせない！」

「認証された事実があればメアリー嬢が大統領の娘だと世界に証明できるだろう。それに秘密にされていた核施設にこちらの同志を送り込んであると言ったら？　そのほかにもまだプランはある」

「ハッタリだ！　そんな認証装置で何が証明できる！　技術オタクの自作ガジェットと思われるのがオチだ」

いくらマイセルフが脅し、煽《あお》ったところで世界がそれを信じなければただの妄言だ。

「その為《ため》の宣伝、ライブ配信だよ。百人に一人でも、千人に一人でも信じればいずれ真実の波が出来る。おお、同時視聴者が三百万人を超えているぞ？　ミラーも含めればその倍以上か？　世界がここを見ている」

「ふぁっく」

注目度が上がれば上がるほどそれを信じる人が出てくる。各国政府だってただのジョーク動画だと無視は出来ないだろう。

「さあ、君もカメラに映ってみたまえよ。こんな時に本物の特殊部隊員がどのように交渉するか皆も興味があるだろう」

マイセルフの挑発的な態度。ここで口論をしても余計注目度を高めるだけだろう。

その時、悪魔的発想が脳裏に走る。

いけるか？　いや、本当にやるのか？　だがやるしかない。

「わかった。ならお前の望む通りに映ってやる！」

「ほぅ？」

しゃがみながらクリスティはヘルメットを外す。サブマシンガン相手にせっかくの防御力を捨てる無謀な行為だ。

「た、隊長？　どうするんですか？」

困惑するルーシーに頷《うなず》きだけ返す。

「顔を上げるから撃つなよ。銃は持っていない」

「いいとも。こちらの銃口は人質に向けるとしよう」

クリスティは立ち上がり隠れていた机から上半身を出す。

メアリーに銃を向けているマイセルフ。こちらに向けられているタブレットカメラ。

状況良し。

すぅ、と息を吸う。

「みんなー！　美少女特殊部隊にゅーでるたふぉーすのクリスティだよっ！　今からこの悪者ハゲおじさんをやっつけるからしっかり見ていてね☆」

全世界へ向けて笑顔の渾身《こんしん》ウィンク。

「……」

LIVE
3,205,166

「……」

「……」

『……』

メアリー、ルーシー、マイセルフのみならず、画面の向こうのコメントも沈黙した冷たい空気が流れる。

無言のまま、マイセルフがこちらにサブマシンガンＢｉｚｏｎを向ける。

「ふぁっく！」

しゃがむと同時に銃弾が頭上を掠《かす》める。

「隊長何やってるんですか……！」

「いや、その、世界にこれはコメディ映画なんだぞって……」

クリスティは顔を真っ赤にしながら弁明する。

「全くふざけた行為だ」

マイセルフの口調に怒りが感じられる。少なくとも信憑《しんぴょう》性に傷はつけられたらしい。

「本当ですよ。さっきの光景を見ていましたけど、ナンセンスでしたよ」

ルーシーはオッドアイの片目を閉じ、ブルーの瞳でそう言った。

「……！」

クリスティは我が意を得たりと笑みを浮かべハンドサインで指示を出す。

「気は済んだかね？　大根役者にはそろそろ退場してもらおうか」

マイセルフもこれ以上の不確定要素は排除したいようだ。

「女の子には準備が必要なんだ。十秒ほどくれないか？」

「またふざけた事を――」

マイセルフが言い終わる前に、先手を取られる前に、左側に移動したルーシーがフラッシュバンを投げる。

「メアリーさん！　目を閉じてください！」

カンッ、とそれはマイセルフの足元に落ちる。

マイセルフは左腕で顔を隠しながら威嚇の為《ため》にやみくもにＢｉｚｏｎを掃射。

「事を急《せ》いたな！」

しかしフラッシュバンは爆発も何もしない。囮《おとり》だ。

コンソールデスクの上に顔を出したクリスティがアサルトライフルＭ５Ａ２を構えセミオートで素早く三連射。

弾は電磁バリアに逸《そ》らされる事なくマイセルフの顔面、をガードする左腕に命中した。

「ぐぅっ！」

戦争用素体を想定した６．８㎜に火薬を増した強壮弾仕様。左腕はもう使い物にならない。

電磁バリアがもう無い事はルーシーの義眼で確認済みだ。体に隠せるサイズ的に一回のみの使い切りなのだろう。

「たかが素体の腕など！」

マイセルフが怯《ひる》む事なくクリスティへと応射。クリスティはすぐさまコンソール下に隠れる。

その直後、バンッ、という爆発音と強烈な閃光《せんこう》。耳をつんざく高音が鳴り響く。

囮《おとり》かと思われたフラッシュバン。それをルーシーがリモートで十秒後のタイミングで爆発させたのだ。

完全に虚を衝《つ》いた。クリスティはまたコンソールに乗り出しまだ目を瞑《つぶ》っているマイセルフに照準を合わせる。

もらった！　引き金に手をかける。

「――虚とはこう突くものだ」

タン、と銃声がする。

盾にされたメアリーの腕から鮮血が飛ぶ。

「ッッ⁉」

クリスティは予想外の光景に一瞬硬直する。

自分の弾が当たった？　いや、まだ撃ってない。マイセルフが撃った。なぜ？　それは……。

一瞬の思考。しかしその思考の最中、体は無防備だ。

片目をひらくマイセルフ。フラッシュバン対策で片目は閉じていたのだ。

クリスティに向けＢｉｚｏｎを構える。それらの動作がやけにスローに感じるのは、これが死の瞬間という事――。

「人は予想外には動けない」

マイセルフの言葉。死のトリガーはまさに引かれ――。

「その通りね」

「！」

そして予想外の光景はまだ続く。

撃たれたメアリーが、一瞬フリーになったメアリーが、そのままマイセルフの方へと向き直り、そのまたぐらに強烈な蹴り上げをお見舞いした。

「なっ……！」

小さな体のメアリーから繰り出されたそれは、ズドンッ、という音と共に人工素体《ミミック》の重い体を10㎝以上浮かせるほどの威力だった。

一瞬の滞空ののち、床に仰向けに倒れるマイセルフ。その顔も苦悶《くもん》と驚愕《きょうがく》に染まっていた。

「がぁ、ぐっ……はぁんっ！」

金的だった。

「ありえ、ない……」

十歳の少女が腕を撃たれて冷静に反撃出来るはずがない。何よりチタン骨格の戦争用素体を浮かせる程の蹴り上げなど、普通の少女ではあり得ない。

「なる、ほど。お前が……！」

マイセルフはすぐに次の行動として自身の胸を叩《たた》く。

すると着ていたスーツからスモークが焚《た》かれマイセルフの姿を覆い隠した。

「メアリーこっちだ！」

クリスティは叫びながらコンソールを越えメアリーの元へ急ぐ。

自分とした事が予想外の連続に呆《ほう》けてしまっていたと歯を食いしばる。

果たして、あたりの煙が霧散したあと、部屋にマイセルフの姿はなく、クリスティの腕の中にはメアリーがしっかりと確保されていた。

「メアリー確保！　マイセルフは？」

「ダストシュートから逃げたようです」

「追う……のは危険だな」

ダストシュートの先がどうなっているかわからない。何より作戦目標はメアリーの救出だ。今は脱出が優先される。

「まずは腕の応急手当だな。ルーシー、手錠を切ってくれ」

「はい」

ルーシーが超音波ナイフで手錠の鎖を切断する。クリスティが止血用皮膚シートをメアリーの腕に貼ろうとして、その傷口を見て動きを止める。

「メアリーお前……」

「……ええ、そうよ。でも私は――」

その言葉が続く前に、震動が起きる。

「地震か？」

「まさか定番の自爆装置とかじゃないですよね？」

あのマイセルフならやりかねない。急いでメアリーに皮膚シートを貼る。

「急いで脱出だ」

【アイスランド　氷河地帯　1755時】

船の内部にも似た迷路の様な細い通路や階段を上がり、ようやく入り口のハッチに辿《たど》り着く。

「よし、外だ！」

クリスティとルーシーは無事メアリーを連れて地下基地から地上へと戻った。

夕日に染まる一面の氷。その美しい光景に目が奪われるが地震はまだ続いている。

「海の方を見てください！　氷が割れていきます！」

「嘘《うそ》だろ……？」

無数のひびや割れ目がこちらに近づいてくるのが見える。

「ふぁっく！　陸まで退避だ！」

今いる氷河地帯から地面のあるところまで走る。裂け目に呑《の》み込まれたら一巻の終わりだ。

「走れ走れ！」

間に合うかはわからないが走る以外にない。

そんな中、地震とは別の音がする。

「この音は……」

クリスティが上空を見上げる。

するとそこにはオスプレイⅡがホバリングしていた。

「ヘリ⁉　新手か⁉」

クリスティが判断に迷っていると、オスプレイⅡの後部ハッチから網状の梯子《はしご》が下ろされる。

「隊長！　摑《つか》まってください！」

「ジブリール！」

オスプレイⅡから顔を出したのはジブリールだ。隣にはマーリンもいる。

「全員摑《つか》まれ！　メアリーいけるか？」

「ピックアップは避難訓練でやったわ！」

メアリーは負傷していない方の腕で網はしごに摑《つか》まる。クリスティはメアリーが落ちないように後ろから被《かぶ》さるように掴《つか》まった。ルーシーも大丈夫なようだ。

そのままオスプレイⅡは高度を上げ氷河地帯から脱出した。

「助かったか……」

マーリンとジブリールに縄梯子《なわばしご》を引き上げられ、クリスティ達はオスプレイⅡの機内に腰を下ろす。

「キャメロン……操縦していたのはお前だったのか」

操縦席に座るのはキャメロンだ。

このオスプレイⅡも元々はコンカルノー基地から奪われたものだった。

機内には瀕死《ひんし》のスピルバーグと仮死状態のルーカスもいた。

「二人を回収できたのか……」

「森の中でワシらと会ってのう。助けた見返りにヘリでタクシーしてもらったわけじゃが、良《い》いタイミングだったようじゃな」

「へへ、殺されたと思ったら助けてもらえるなんてな……」

スピルバーグが息も絶え絶えに言う。

「やはりボディアーマーとチタン胸骨だとマグナムでも致命傷にはならんのぅ」

その胸に六発撃ち込んだマーリンが感心する。

「ひぃっ」

スピルバーグはすっかりトラウマになっているようだ。

「このまま空母バラック・オバマに向かう」

操縦席のキャメロンが言う。

「いいのか？　最悪極刑だぞ？」

マイセルフに唆《そそのか》されたとはいえ、軍への裏切り行為は罪が重い。

「今はもう二人の治療はそこでしか出来ない。どのみち罪は償う」

軍法会議によっては銃殺刑もありうる。だが覚悟はできているようだ。

「何を言ってるの？　こうして無事に帰れるんだし完璧な潜入作戦だったわよ」

そんな重い空気にあっけらかんと入ってきたのはメアリーだ。

「ニューデルタフォースの最高指揮官である私がそう命じた。それでいいでしょう？」

メアリーが堂々と言う。

「やはり、そういう事か」

クリスティは得心がいった様子だが、他のメンバーは頭に疑問符が浮かぶ。

「私が合衆国大統領のジョン・スミスよ」

「「「!?」」」

全員から驚きの声が上がる。

「えっと、メアリーさんがスミス大統領本人……？　あっ、娘の脳波が核の認証コードってそういう……！」

　ルーシーがぽん、と納得する。

「つまりメアリーさんも私達と同じL型人工素体《ミミック》だったって事ですか？」

「幼い少女を守っていたと思ったら、同類《おっさん》だったとはな」

「別に私は人工素体《ミミック》でもおっさんでもないわよ。確かに体は強化筋肉だけど、脳はチタンで覆われてないわ。スミスのボディは、あれ中身リモート用のロボットだし」

　爆破されちゃったけど、とメアリーが事も無げに言う。

「あん？　本当の身体《からだ》はスミス大統領じゃないのか？」

　クリスティの問いにメアリーは一呼吸置いて答える。

「賢人政治とデザイナーチャイルドって知ってるかしら？」

　メアリーの問いかけにルーシーが答える。

「賢人政治は古代の哲学者が提案した政治形態ですよね。一人の完璧に正しい賢人を育成してその人に政治を任せるという。そしてデザイナーチャイルドは生まれる前に遺伝子操作によって優れた頭脳や身体《からだ》を付与出来るという……まさか、そういう事なんですか？」

「そ、ジョン・スミスも仮の名前とボディよ。本当は何歳かしらね？　もしかしたら十歳より下かも？　なんてね」

「そんなこと……いや、あり得るのか？」

合衆国の大統領選挙は実績のない一般人でも立候補できる。党の後ろ盾と財界の協力、マスメディア。もし全てが繋《つな》がっている組織があれば名も知らぬ人物を大統領に祭り上げるのは不可能ではない。ましてやプライバシー秘匿の時代だ。

「ま、私が政治を考えてるわけじゃなくて、各界の要求を代弁してるだけだけどね。つまりお飾り。コントロールしやすい偶像の為政者ね」

「しかしそれが本当だとして、どうして俺達に？　国のトップオブトップシークレットじゃないのか」

クリスティの問いかけにメアリーは少し考えてから話す。

「なんでかしらね。ま、ただの娘じゃないって事はバレちゃったし？　変な憶測を持たれるのもね。それに、その、助けてくれたわけだし、と、友達だから言っておこうかなって……」

顔を背けて言うメアリーにクリスティは苦笑する。

「オーライ」

「な、何よっ、変な勘違いしないでよね！　とにかく！　話を戻すけどキャメロン達は私が命じてマイセルフに近づけさせた。といえばそういうことになるのよ」

もちろんそんな命令はない。だがメアリーの言う通り、大統領命令だったと押し通せば処分はあっても死刑は免《まぬが》れるだろう。何よりメアリーが大統領本人なのだから。

「……感謝します。プレジデント」

キャメロンが礼を述べる。

「大統領がこんなかわい子ちゃんなら、もう一度国の為《ため》に働くのも悪かねぇか」

「なんだ？　スピルバーグはロリコンだったのか？」

「ち、ちげぇますよ隊長！」

全員が笑う。仮死状態のルーカスも起きていれば笑っていただろう。

これでようやく終わった。あとは空母に戻ればこの少女素体ともオサラバだ。クリスティはこれまでの長い任務を終えられる事に安堵《あんど》する。

「先ほどの地震はあの氷山が分離したせいでしょうか」

外の景色を見ていたジブリールが言う。

「でっかい氷山じゃの～。平たいし氷床というんかの？　しかしあんな風に沖に流れるものなのかの～」

マーリンの思わせぶりな言い方にクリスティは嫌な予感を覚える。

窓を覗《のぞ》き、アイスランド沖を見る。

一際《ひときわ》でかい一枚氷。表面は平らで長方形。大きさは丁度……。

「あれって……。え？　いや、いやいやいや嘘《うそ》ですよね？」

ルーシーが半笑いで続ける。

「第二次世界大戦に計画はあっても、あまりに非現実的で中止された……。そんな伝説の迷兵器……」

「氷山空母……」

クリスティも知識では知っている。氷山にエンジンとスクリューを付けて空母にしてしまおうという荒唐無稽な存在。

「ルーシー！ マイセルフの動画を探せ！」

これが奴《やつ》の仕業なら、自己顕示欲の塊としてこれを放送しないはずがない。

「ありました！ 至る所でライブ配信されてます！」

クリスティ達はルーシーの端末を覗《のぞ》き込む。

すると艦橋らしき部屋でマイセルフがテンションを上げていた。

『フハハハ！ 格納庫も耐熱滑走路もないただの動く氷だが、それでいい。今回は上手《うま》くいかなかったが、代わりにコイツをスコットランドの原子力発電所にでも突っ込ませてみようじゃないか！ あわただしく動く軍どもを見て、これが現実だと思い知るがいい。まだ私の戦争は終わっていないのだ！』

動画を見ながらクリスティは苦い表情をする。

「これじゃただのテロリストだな。その規模は厄介だが……」

「こんな空母一隻、ミサイル艦や戦闘機から一斉攻撃を受ければ撃沈します。問題はマイセルフのやっていた事は現実だったと世間に露見する事ですね」

「マーリン色々頑張っちゃったからのう」

「自分はカメラに映ってないはずです」

マーリン達の戦闘は元より、人工素体《ミミック》のデータや諜報部《ちょうほう》由来の暴露話、メアリーの事も。

今までは一人の投稿者から投稿されていた動画だったものが、リアルに大勢の目につく事になる。

合衆国は必死に隠蔽工作をするだろうが、氷山空母というこの証拠はあまりにも大きい。

即座に撃沈できればまだしも、イギリス海軍が来るまで多少の時間が掛かる。

「いずれにせよ、俺達に出来る事はもうない。最後に一杯食わされたな……」

「とりあえず空母に連絡しますか？」

「ああ、そうだな」

クリスティ達の母艦、空母バラック・オバマに連絡し、現状の報告をしなければ。

懐《ふところ》から衛星電話を取り出す。作戦中に電波が出ないように切っておいた電源を入れ秘匿回線で空母に連絡する。

『ツ、ようやく繋《つな》がったか！』

「フリーマン中将。こちらクリスティ。大統領の娘は救出。現在帰投中。作戦は成功したが、マイセルフは取り逃がしました」

『氷山空母は衛星で把握している。オスプレイⅡもだ。確認だが、目標を救出し今はその空母には味方はいないんだな？』

「は、その通りですが」

『良くやってくれた。おい、イギリス海軍に発射すると伝えろ！』

フリーマン中将は電話の向こうで誰かに命令しているようだ。

『さて、君達はしばらくそこで見物していてくれ』

「は？　何を……」

『なに、妄想家のテロリストに本物の戦争を見せてやるのさ』

次の瞬間、空から一瞬の一筋の光が走り、海をひた走る氷山空母に吸い込まれる。

直後、小型水爆でも爆発したかの様な水飛沫《みずしぶき》が上がり氷山空母は木《こ》っ端微塵《ぱみじん》になる。

数秒遅れて響く轟音《ごうおん》。

「なっ……」

「ひゅー、直接見るのは初めてじゃなあ」

「あれは一体……」

「まさかあれって……」

「神の杖《つえ》。ね」

それぞれが反応し、最後にメアリーが答えを言った。

神の杖《つえ》。衛星軌道上に配置された射出機から６ｍほどの超質量のタングステンの槍《やり》を発射する、核と並ぶ戦略兵器である。

電信柱の半分程のその槍《やり》は重さ１００kg、マッハ九で落下し、質量と速度による運動エネルギー爆弾としてとてつもない破壊力をもたらす。

高い命中率、環境汚染をしない、地球上どこでも攻撃可能と三拍子の、一般には都市伝説とされている宇宙兵器である。

「これで本当に終わったのね」

メアリーが粉々になった氷の残骸を見て言う。

マイセルフの配信もいつの間にか切れている。

「あの野郎が死んだとは思えないけどな。あの放送は別のところでやっていて氷山空母を囮《おとり》に逃げた可能性もある」

「そしたらまた暴れられるのぅ」

「私はこういう作戦はもう懲り懲りですが……」

「同意」

各々《おのおの》が感想を述べる。本当になんて作戦だったとクリスティは思った。

「それにしてもイギリス海軍に戦略兵器のアイスランド領海内使用許可がよく取れたな。事情を説明してもそんなすぐには判断できないだろうに」

ネットに上がっているマイセルフって野郎が第四次大戦を起こそうと企《たくら》んでいて、少女の姿をした特殊部隊員が大統領の娘を救出しようとしている。そんな話をいきなりされても信用できないだろうに。

「元々知ってたんじゃろ？　あの国はインテリジェンス《諜報活動》の元祖だからの」

「諜報《ちょうほう》活動……合衆国内部にスパイがいてもおかしくないか」

クリスティ達の会話を聞いてか聞かずか、衛星電話からフリーマン中将の声がする。

『そうだ。君達に伝言があったんだ』

「伝言ですか？　誰から？」

『やはり可愛《かわい》いは正義でゴザルな、だそうだ』

「そのふざけたセリフは……しかしなぜ、いや、ああくそ、マジか」

「どうしたんですか？」

クリスティの動揺にジブリールが聞いてくる。

クリスティ達の窮地を救ってくれたキャンピングカーに乗ったナード《JB》男、ジャスティス・ビーン。ＪＢ。

「イギリスでＪＢといったら死ぬほど有名なスパイ映画の主人公じゃないか」

英国諜報《ちょうほう》機関、ＭＩ６の歴代エースに与えられるコードネーム。

「００７、ジェームズ・ボンド《JB》。あのクソオタクめ最初から知ってやがったな」

クリスティは窓の外を見て舌っ足らずに言う。

「ふぁっく」

Scene 6

舞台裏

EPISODE

Sequel to the Mimicry Girls

MIMICRY GIRLS

Novel: Hitaki
Illustration: Asanaya

The year is 2041. It has been several years since the development of artificial body technology, commonly known as "mimicry"

【空母バラック・オバマ　ブリーフィングルーム　時刻不明】

「今回の作戦は実によくやってくれた」

正面に立つフリーマン中将が言う。

ブリーフィングルームの机にはクリスティ、マーリン、ルーシー、ジブリールの四人が座っている。全員まだ少女素体のままであり、エレメンタリースクールの教室に見えなくもない。

「慣れない素体で不都合もあっただろう」

本当にその通りである。クリスティはトイレで自殺まで考えたほどだ。

しかし任務達成により、この少女素体ともオサラバだ。

そう考えるとようやく馴染《なじ》んだこの体を脱ぐのは寂しく……は全くならない。いつものマッチョの男性素体に、クリスティは一刻も早く戻りたかった。

「そんな状況で任務を達成した諸君らに改めて賛辞を贈りたい」

しばらくはゆっくりしたい。クリスティは連続で任務だったので特別休暇が貰《もら》えるはずだ。

酒でも飲みながら引きこもって映画三昧といこう。

そう考えるとフリーマン中将の労《ねぎら》いの言葉よりも早く元の素体に戻りたかった。

「今回の事は隠蔽工作の甲斐《かい》もあり沈静化しているが、森の中での戦闘など、流れてしまった映像については対処が難しい」

　クリスティが隣のマーリンを半目で睨《にら》むとマーリンは舌を出して目を背けた。

「そこであの映像や資料は映画のゲリラプロモーションだったという事にした」

　苦しい言い訳だ。

　だが、その辺りの工作はクリスティ達にはもう関係の無い事だ。

「そこで極めて異例だが、君達に辞令が来ている」

「辞令？」

「ここからはビデオメッセージを見てくれ」

　何かデジャヴを感じる流れだ。嫌な予感がする。

　モニターに映し出されたのは、〝いつもの〟スミス大統領ではなく、先ほど合衆国に送り返して別れたばかりの少女・メアリーだった。

『ハロー。今回の件はありがとね。留守にした分こっちは早速仕事の山。で、前置きは省略してアンタ達にも仕事があるわ。ああ、そこにいるであろうフリーマン中将には私の事情は説明してあるから心配しないで。流石《さすが》に司令官を通さずに処理するのは無理だし、どのみち今後の事も考えるとね』

「……」

　クリスティがフリーマン中将を見ると彼はぎこちなく頷《うなず》いた。まだ大統領がモノホンの少女だという事を消化しきっていないようだ。

『今回の件で事情を知ったアンタ達は私の本当の直属の部隊になるから、その辞令ってわけ。いやー、軍を通さずに便利に使える手駒欲しかったのよね～』

妙にご機嫌で話すメアリー。

「大統領直属って……」

「手駒……」

戸惑うルーシーと憤慨するジブリール。

『で、話は聞いたと思うけど今回の件は本当に映画にしようかなって。形だけだけど。モデルはアンタ達ね。撮影スケジュールも押さえてあるわよ』

「わっつ……？」

撮影……？　モデル？

『そういうわけでしばらくその体のままね。あとはせっかくの直属だから新しい部隊名が欲しいわね。いっそその見た目らしくキャッチーなのがいいかしら。特殊部隊だとわからないように擬態させて……』

新しい部隊……？

『あっ！　丁度いい名前を思いついたわ。むしろ映画のタイトルもこれでいいかも？』

しばらくこの少女素体のまま……？

『ずばり、アンタ達の新しい部隊名は――』

「わっつざふぁぁぁぁぁぁっく‼」

メアリーの命名をかき消すように、室内に絶叫がこだました。

あとがき

自分が学生の頃に町ですれ違う人を見て、もし自分がこの人と同じ名前とDNAを持って生まれ、同じ環境で育ったらこの人と全く同じになるのだろう。その場合の「自分」とは一体何なのだろうか？　という事を考えた事があります。この物語はこうした前置きとは全く関係なく、屈強な特殊部隊員が少女の身体《からだ》になってしまってドンパチするアクションコメディです。

『ミミクリー・ガールズ』を手に取って頂きありがとうございます。おそらく表紙の可愛《かわい》い女の子のイラストを見て中を開いて、わぁ～女の子がいっぱい、と読み進めたら男じゃねえか！と思われたかもしれません。もしそうであればミミクリー＝擬態の名の通りうまく紛れ込む事が出来たという事でしょう。騙《だま》してしまい申し訳ありません。

しかし昨今は男が美少女の体になるＴＳモノは珍しくなく、数多《あまた》のエンタメに触れている皆様ならきっとご理解いただけると信じております。もしそうでない方でしたらこれを機に新たな性癖を獲得して頂けたらと思います。外見が可愛《かわい》ければ元の性別が男か女かはきっと些末《さまつ》な問題です。

主人公のクリスティは男の体に戻りたいと願っています（何が不満なんでしょうか）。作中では人工素体になる事による自己喪失であったり、マイセルフやクリスティが思う「自分とは何か」というテーマがあります。しかしそれについては深く考えず、ただクリスティ達にノンストップアクション映画の如《ごと》く困難が次々と降りかかり、それを切り抜けていく様を楽しんで頂けたらと思います。

そう、この作品はアクションコメディです。コメディなので作中に出てくるミリタリー関連の知識に間違いがあっても温かい目で見守ってもらえたら……と下心を出しておきます。

言い訳が長くなりましたがこの作品を読まれる事で皆様の通勤や通学、何かの待ち時間、暇な時間、あるいは授業中やテレワーク中を少しでも楽しいひと時に出来たのであれば幸いです。ライトノベルとはそういう「楽しい」ものだと思ってこれからも執筆していく所存です。

これからもミミクリー・ガールズ。略してミミクリの四人がさらなる困難をドンパチ解決していく様を楽しんで頂けたらと思います。二巻ではメアリーのようなデザイナーチャイルドについて掘り下げ、他国の新たな少女達が登場する予定です（予定です）。

末筆となりましたが電撃大賞銀賞を下さった皆様。可愛《かわい》くもカッコよい神イラストを下さったあさなや様。手厚いサポートをして下さった担当編集の村上様。本書の出版に関わった皆様。そして手に取って頂いた読者の貴方《あなた》に感謝を申し上げます。

ひたき

◉ひたき著作リスト

「ミミクリー・ガールズ」（電撃文庫）

本書に対するご意見、ご感想をお寄せください。

ファンレターあて先
〒102-8177　東京都千代田区富士見2-13-3
電撃文庫編集部
「ひたき先生」係
「あさなや先生」係

本書は第28回電撃小説大賞で《銀賞》を受賞した『特攻野郎Lチーム』を改題加筆・修正したものです。

電撃文庫

ミミクリー・ガールズ

ひたき

◇◇◇

2022年７月10日　初版発行

発行者　青柳昌行
発行　株式会社KADOKAWA
〒102-8177　東京都千代田区富士見2-13-3
0570-002-301（ナビダイヤル）
装丁者　荻窪裕司（META＋MANIERA）
印刷　株式会社暁印刷
製本　株式会社暁印刷

●お問い合わせ
https://www.kadokawa.co.jp/（「お問い合わせ」へお進みください）
※内容によっては、お答えできない場合があります。
※サポートは日本国内のみとさせていただきます。
※ Japanese text only

※定価はカバーに表示してあります。

ISBN978-4-04-914219-8　C0193　Printed in Japan

電撃文庫　https://dengekibunko.jp/

電撃文庫創刊に際して

文庫は、我が国にとどまらず、世界の書籍の流れのなかで〝小さな巨人〟としての地位を築いてきた。古今東西の名著を、廉価で手に入りやすい形で提供してきたからこそ、人は文庫を自分の師として、また青春の想い出として、語りついできたのである。

その源を、文化的にはドイツのレクラム文庫に求めるにせよ、規模の上でイギリスのペンギンブックスに求めるにせよ、いま文庫は知識人の層の多様化に従って、ますますその意義を大きくしていると言ってよい。

文庫出版の意味するものは、激動の現代のみならず将来にわたって、大きくなることはあっても、小さくなることはないだろう。

「電撃文庫」は、そのように多様化した対象に応え、歴史に耐えうる作品を収録するのはもちろん、新しい世紀を迎えるにあたって、既成の枠をこえる新鮮で強烈なアイ・オープナーたりたい。

その特異さ故に、この存在は、かつて文庫がはじめて出版世界に登場したときと、同じ戸惑いを読書人に与えるかもしれない。

しかし、〈Changing Times,Changing Publishing〉時代は変わって、出版も変わる。時を重ねるなかで、精神の糧として、心の一隅を占めるものとして、次なる文化の担い手の若者たちに確かな評価を得られると信じて、ここに「電撃文庫」を出版する。

1993年6月10日
角川歴彦

電撃文庫DIGEST　7月の新刊

発売日2022年7月8日

第28回電撃小説大賞《銀賞》受賞作
ミミクリー・ガールズ
著／ひたき　イラスト／あさなや

2041年。人工素体──通称《ミミック》が開発され幾数年。クリス大尉は素体化手術を受け前線復帰……のはずが美少女に!?　クールなティータイムの後は、キュートに作戦開始！　少女に擬態し、巨悪を迎え撃て！

第28回電撃小説大賞《選考委員奨励賞》受賞作
アマルガム・ハウンド
捜査局刑事部特捜班
著／駒居未鳥　イラスト／尾崎ドミノ

捜査官の青年・テオが出会った少女・イレブンは、完璧に人の姿を模した兵器だった。主人と猟犬となった二人は行動を共にし、やがて国家を揺るがすテロリストとの戦いに身を投じていく……。

はたらく魔王さま!おかわり!!
著／和ヶ原聡司　イラスト／029

健康に目覚めた元テレアポ勇者!? カップ麺にハマる芦屋!?　真奥一派が東京散策??！　大人気『はたらく魔王さま！』本編時系列の裏話をちょこっとひとつまみ。魔王たちのいつもの日常をもう一度、おかわり！

シャインポスト③
ねえ知ってた？　私を絶対アイドルにするための、ごく普通で当たり前な、とびっきりの魔法
著／駱駝　イラスト／ブリキ

紅葉と雪音のメンバー復帰も束の間、『TINGS』と様々な因縁を持つ『HY:RAIN』とのダンス・歌唱力・総合力の三本勝負が行われることに…しかも舞台は中野サンプラザ!?　極上のアイドルエンタメ第3弾！

春夏秋冬代行者
夏の舞 上
著／暁 佳奈　イラスト／スオウ

黎明二十年、春。花葉雛菊の帰還に端を発した事件は四季陣営の勝利に終わった。だが、史上初の双子神となった夏の代行者、葉桜姉妹は新たな困難に直面する。結婚を控える二人に対し、里長が言い渡した処分は……。

春夏秋冬代行者
夏の舞 下
著／暁 佳奈　イラスト／スオウ

瑠璃と、あやめ。夏の双子神は、四季の代行者の窮地を救うべく、黄昏の射手・巫覡輝矢と接触する。だが、二人の命を狙う「敵」は間近に迫っていた??。季節は夏。戦いの中、想い、想われ、現人神たちは恋をする。

ギルドの受付嬢ですが、残業は嫌なのでボスをソロ討伐しようと思います5
著／香坂マト　イラスト／がおう

憧れのリゾート地へ職員旅行！　…のハズが、永遠に終わらない地獄のループへ突入!?　楽しい旅行気分を害され怒り心頭なアリナの大鎚が向かう先は……!?　大人気異世界ファンタジー第5弾！

恋は双子で割り切れない4
著／高村資本　イラスト／あるみっく

那織を部屋に泊めたことが親にバレた純。さらに那織のアプローチは積極的になっていくが、その中で純と衝突して喧嘩に発展してしまう。仲裁に入ろうとする琉実だったが、さらなる一波乱を呼び……？

アポカリプス・ウィッチ⑤
飽食時代の【最強】たちへ
著／鎌池和馬　イラスト／Mika Pikazo

三億もの『脅威』が地球に向けて飛来する。この危機を乗り切るには『天外四神』が宇宙へと飛び出し、『脅威』たちを引きつけるしかなかった。最強が最強であるが故の責務。歌貝カルタに決断の時が迫る──。

娘のままじゃ、お嫁さんになれない!2
著／なかひろ　イラスト／涼香

祖父の忘れ形見、藍良を娘として引き取ってから2か月。桜人が教師を務める高校で孤立していた彼女も、どうにか学園生活を送っているようだ。だが、頭をかすめるのは藍良から告げられたとんでもない言葉だった──。

嘘と詐欺と異能学園3
著／野宮 有　イラスト／kakao

学園に赴任してきたニーナの兄・ハイネ。黒幕の突然の登場に動揺しつつも奮起するジンとニーナ。ハイネが設立した自治組織に参加し、裏ではハイネを陥れる策を進行させるという、超難度のコンゲームが始まる。

新作
運命の人は、嫁の妹でした。
著／逢縁奇演　イラスト／ちひろ綺華

互いの顔を知らないまま結婚したうえ、嫁との同棲より先に、その妹・獅子乃を預かることになった俺。だがある日、獅子乃と前世で恋人だった記憶が蘇って……。つまり〈運命の人〉は嫁ではなく、その妹だった!?

応募総数 4,411作品の頂点！
第28回 電撃小説大賞受賞作
好評発売中

第28回
電撃小説大賞
大賞
受賞

『姫騎士様のヒモ』

著／白金 透　イラスト／マシマサキ

エンタメノベルの新境地をこじ開ける、
衝撃の異世界ノワール！

姫騎士アルウィンに養われ、人々から最低のヒモ野郎と罵られる元冒険者マシューだが、彼の本当の姿を知る者は少ない。「お前は俺のお姫様の害になる――だから殺す」。選考会が騒然となった衝撃の《大賞》受賞作！

第28回
電撃小説大賞
金賞
受賞

『この△《さんかく》ラブコメは幸せになる義務がある。』

著／榛名千紘　イラスト／てつぶた

平凡な高校生・矢代天馬は、クラスメイトのクールな美少女・皇凛華が幼馴染の椿木麗良を密かに溺愛していることを知る。だが彼はその麗良から猛烈に好意を寄せられて……!?　この三角関係が行き着く先は!?

第28回
電撃小説大賞
金賞
受賞

『エンド・オブ・アルカディア』

著／蒼井祐人　イラスト／GreeN

究極の生命再生システム《アルカディア》が生んだ“死を超越した子供たち”が戦場の主役となった世界。少年・秋人は予期せず、因縁の宿敵である少女・フィリアとともに再生不能な地下深くで孤立してしまい――。

第28回
電撃小説大賞
金賞
受賞作
エンド・オブ・アルカディア
死ぬことのない戦場で
死に続けた彼と彼女の、
邂逅と共鳴の物語！
蒼井祐人 【イラスト】──GreeN
Yuto Aoi
END OF ARCADIA
彼らは安く、強く、そして決して死なない。
究極の生命再生システム《アルカディア》が生んだのは、複体再生〈リスポーン〉を駆使して戦う１０代の兵士たち。戦場で死しては復活する、無敵の少年少女たちだった──。
電撃文庫

第28回電撃小説大賞
銀賞
受賞作
愛が、二人を引き裂いた。
BRUNHILD
竜殺しのブリュンヒルド
THE DRAGONSLAYER
東崎惟子
[絵] あおあそ
最新情報は作品特設サイトをCHECK!
https://dengekibunko.jp/special/ryugoroshi_brunhild/

チアエルフがあなたの恋を
応援します!
石動将
Illust. 成海七海
Cheer Elf ga anata no koi wo ouen shimasu!
「あなたの片想い、
私が叶えてあげる!」
恋に諦めムードだった俺が道端で拾ったのは
――異世界から来たエルフの女の子!? 詰んだ
と思った恋愛が押しかけエルフの応援魔法で
成就する――? 恋愛応援ストーリー開幕!
電撃文庫

和ヶ原聡司
イラスト 有坂あこ
satoshi wagahara
ill. aco arisaka
ドラキュラやきん!
夜しか外出できない吸血鬼が、
現代日本で選んだお仕事は
〝コンビニ夜勤〟!?
虎木由良は現代に生きる吸血鬼。
バイト先は池袋のコンビニ（夜勤限定）、
住まいは日当たり激悪半地下物件（遮光カーテン必須）。
人間に戻るため清く正しい社会生活を営んでいる。
なのにある日、酔っ払いから金髪美少女を助けたら、
なんと吸血鬼退治を生業とするシスター、アイリスだった!
しかも天敵である彼女が一人暮らしの部屋に
転がり込んできてしまい——!?
虎木の平穏な吸血鬼生活は一体どうなる!?
電撃文庫

第27回電撃小説大賞
大賞
受賞作
孤独な天才捜査官。
初めての「壊れない」相棒は
ロボットだった――。
菊石まれほ
［イラスト］野崎つばた
ユア・フォルマ
紳士系機械×機械系少女が贈る、
SFクライムドラマが開幕！
相性最凶で最強の凸凹バディが挑むのは、
世界を襲う、謎の電子犯罪事件!!
最新情報は作品特設サイトをCHECK!!
https://dengekibunko.jp/special/yourforma/
電撃文庫

ギルドの受付嬢ですが、残業は嫌なのでボスをソロ討伐しようと思います

uketsukejou saikyou

残業回避！

定時死守！

（自分の）平穏を守るため、受付嬢が凄腕冒険者へと変貌する――!?

第27回 電撃小説大賞 金賞 受賞

ギルドの受付嬢ですが、残業は嫌なので
ボスをソロ討伐しようと思います

冒険者ギルドの受付嬢となったアリナを待っていたのは残業地獄だった!?　すべてはダンジョン攻略が進まないせい…なら自分でボスを討伐すればいいじゃない！

〔著〕香坂マト
〔ill〕がおう

電撃文庫

陸道烈夏
illust
らい
「命《タマ》とられちゃったけど、
文句あるか？」
この少女、元ヤクザの
組長にして――!?
守るべき者のため、
兄（高校生）と妹（元・組長）が蔓延る悪を討つ。
最強凸凹コンビの
任侠サスペンス・アクション！
タマ
とられちゃったよぉぉぉぉ
YAKUZA GIRL
電撃文庫

ある中学生の男女が、永遠の友情を誓い合った。1つの夢のもと運命共同体《しんゆう》となったふたりの仲は、特に進展しないまま高校2年生に成長し!?　親友ふたりが繰り広げる、甘酸っぱくて焦れったい〈両片想い〉ラブコメディ。

電撃文庫